D1534287

LA NOSTALGIA DE LA CASA DE DIOS

colección andanzas

HÉCTOR BIANCIOTTI
LA NOSTALGIA DE LA CASA DE DIOS

Traducción de Ernesto Schoo

Título original: *La nostalgie de la Maison de Dieu*

1.ª edición: junio de 2007

© Éditions Gallimard, 2003

© de la traducción: Ernesto Schoo, 2007
Diseño de la colección: Guillemot-Navares
Reservados todos los derechos de esta edición para
Tusquets Editores, S.A. - Cesare Cantù, 8 - 08023 Barcelona
www.tusquetseditores.com
ISBN: 978-84-8383-003-1
Depósito legal: B. 16.452-2007
Fotocomposición: Foinsa - Passatge Gaiolà 13-15 - 08013 Barcelona
Impreso sobre papel Goxua de Papelera del Leizarán, S.A. - Guipúzcoa
Impresión: Reinbook Imprès, S.L.
Encuadernación: Reinbook
Impreso en España

La nostalgia de la Casa de Dios

La última vez que vi a mi padre –hace hoy veintiocho años–, yo tenía dieciséis, él, creo, cuarenta y tres, y habían transcurrido cuatro veranos durante los cuales sólo torpes llamadas telefónicas, confusas, cartas apuradas y, en fin, tarjetas postales procedentes de lugares lejanos, renovaban su promesa de un pronto reencuentro.

Nos habíamos citado en la solitaria y lejana casa de mi madre, donde ella murió al darme a luz, que era también la casa de mis vacaciones. Nuestro reencuentro fue alegre, pero no he olvidado el momento de su partida –aunque no fuese aún el drama que tanto iba a afectarme, sino su presagio–: con su paso regular, mi padre descendía por el sendero pedregoso que, tras el jardín abandonado, gira rápidamente para unirse al otro sendero –disimulado por un temible muro de tunas–, que llamábamos «el pasaje de las cabras» –pese a que esas intrépidas desconocían aquellos parajes– y que conducía, no sin riesgo, al río solemne y apacible del que siempre lamentábamos que no se viese desde la casa.

Nuestra estancia, más que breve y al comienzo indecisa después de la alegría del reencuentro, fue intensa: a pesar de nuestra diferencia de edad, no intercambiamos sino frases referidas a nuestras profesiones, paralelas pero, por suerte, no idénticas. En verdad, yo le pedía, como antaño, consejos, sobre todo para evitar hablar de mi fama adolescente –que, cada vez más, venía precedida sin piedad por el miedo cuando se acercaba la fecha de un recital–. Mi padre tampoco desconocía la celebridad, pero de una forma, por así decirlo, colectiva, compartida con un grupo.

El anuncio de su partida, en la tarde misma de su llegada, me pareció brusco: tenía que irse. Sin más. Nada dije, pero me pregunté si volvería a verlo jamás. Hasta donde puedo recordar, la muerte forma parte de mi vida: no nos muestran impunemente la tumba de nuestra madre cuando no contamos siquiera cuatro años y tenemos una devoción confusa, inculcada por nuestro padre, hacia sus escasas fotografías.

Yo conocía demasiado bien la costumbre de mi padre de no darse vuelta cuando iba a enfilar el recodo temible de las higueras de tuna. En otro tiempo, cuando pasábamos el verano juntos, el hecho de que al partir no me mirase provocaba mi llanto infantil. Una sola vez logré reprimir las lágrimas, firme, orgulloso, súbitamente teatral, si es que un niño no lo es desde que nace, y en todo momento. Y yo había oído, durante su descenso súbitamente demorado, el desplazamiento burlón de un guijarro con el que había tropezado.

Esta vez –que sería la última– ya había deseado

yo que faltara a su íntima tradición. Del mismo modo que rezamos cuando tan sólo el Cielo puede salvarnos, creí, por un instante, que volvería sobre sus pasos y que yo podría ver aún su rostro: ¿no me había apretado el hombro con fuerza? ¿Su mano no se había deslizado, lentamente, con suavidad incluso, por mi cuello? Y aunque no había sido sino un ligero beso en la punta de la nariz, ¿no había sentido yo irradiarse por todo mi cuerpo la tibieza de sus labios?

Había en su voz, en aquella voz que tan bien remitía los pensamientos a los pies desnudos que se pasean al margen de la conversación..., había en su voz aquello de lo que jamás se puede hablar, el soplo de un sordo adiós, la última mirada, la última melodía compartida por dos músicos que, en un rincón de la realidad, secreto hasta para ellos mismos, en un momento de sus vidas habían sido casi una sola persona. Me gustaba apoyar mi cabeza en su pecho y al mismo tiempo me imaginaba tantear su pulso, y al instante yo creía que su vida dependía por completo y para siempre de mí: entre mi pulgar y el índice, el tictac subterráneo de la sangre.

Ninguna caricia, pero uno y otro unidos en una calma absoluta, estable. Entonces yo observaba sus ojos, que, sin moverse, se iban, se iban lejos, más lejos –los ojos de mi padre, de distinto color, uno azul, el otro castaño, uno de ellos semientornado bajo el párpado dibujado como un pececito: los ojos de mi padre, por donde yo quería entrar y ver lo que él veía, tan lejos. Así nos tocábamos, con la mirada.

A menudo, mi padre volvía de un mundo deslumbrante, como descubierto por él, y me llevaba en sus brazos hasta atravesar el espejo del sueño. «Duerme», me decía, «y mi ojo seguirá abierto.»

Durante largo tiempo creí que un solo ser puede satisfacer a otro y que, en ese caso, el otro era para mí y yo para él. Muy tarde comprendí que uno no se junta sin mutilarse. Percibimos tan poco y tan mal nuestro propio cuerpo...; no conocemos sino su forma, su aspecto; desconocemos nuestra voz, que lo dice todo sobre nosotros, y si la oímos grabada, nos sorprende y muy a menudo nos molesta.

Nadie está allí donde se encuentra, aunque nada en el mundo sea más misterioso para el hombre que su maquinaria sublime, donde un grano de infinito se concentra y piensa. Pero tal vez el conocimiento tropiece con el cuerpo del hombre, tal vez el cuerpo sea su límite, los confines de todo saber.

Sin embargo, la fe que salva no es otra cosa que el conocimiento. Y todo esto –el cuerpo, la gota de infinito, nuestros límites– lo aprendí cuando nos reencontramos, después de algunos años y por última vez.

La casa donde nací no atrajo nunca a los pájaros ni favoreció la vegetación; en cambio, suscitó siempre la sospecha de sus vecinos –que, en verdad, no lo eran realmente, ya que ninguno de ellos vivía a menos de cinco kilómetros de la propiedad, más allá de las colinas anaranjadas y, más lejos aún, violáceas, que diseñan el horizonte.

Con el paso de dos generaciones, acaso tres, los lugareños habían tejido leyendas: la casa, de una amenazadora extravagancia en el paisaje, justificaba las fábulas suscitadas por su aspecto, fábulas que, sin duda, contribuyen hasta nuestros días al aislamiento deseado por la tía bisabuela de mi madre. Ella había elegido, en el fin del mundo, ese lugar desolado, y también había decidido la ubicación de la casa, que ignoraba al río, no obstante tan cercano y del cual, a la tarde, cuando el viento, siempre huésped en esos parajes, se encalmaba, oíamos el rumor..., chapoteos como el ruido de una tela que se desgarra.

Singularmente afortunada, la lejana pariente de mi madre había encontrado, durante una estancia en Suiza, en la región de Lucerna, la casa, a sus ojos, ideal: esa clase de construcciones de madera caracterizadas por el grandioso techo en pendiente y la planta baja elevada, accesible sólo por una escalera exterior.

Maniática de la limpieza, de la disposición precisa del mobiliario y de los objetos en cada estancia –que, al decir de los domésticos, ella no volvía a frecuentar una vez concluida la decoración–, mi bisabuela era muy cuidadosa de su persona, pero tan indolente... Sin duda, yo me habría entendido muy bien con ella.

Les pedí a los presuntos caseros, que cultivaban las parcelas de una tierra poco fértil –separadas por muros bajos, de piedras totalmente erizadas de espinas–, que

13

acondicionaran el salón y los cuartos indispensables, y que pusieran en marcha la heladera y la cocina de gas y esmalte blanco, que contrastaban, recordaba yo, al igual que los hornos de hierro, con la «cocina económica», a carbón, de un negro antracita, que parecía un Ford T de los antiguos filmes mudos.

Mi padre debía llegar en el barco de mercancías diario que ignoraba los horarios y que atracaba tanto con retraso como anticipadamente.

De niño, yo bajaba al río a escondidas y caminaba a lo largo de la orilla, invadida por los hierbajos y bordeada de zarzas, hasta llegar al grosero muelle de cemento donde, a falta de una verdadera instalación portuaria, se detenían algunos barcos.

Aunque el descenso, y todavía más el ascenso, eran ingratos, yo sentía, más que placer, felicidad: necesitaba el agua y los pájaros, que se negaban a frecuentar nuestra colina, tan austera, a la que no he vuelto ni volveré jamás.

Había llegado al muelle muy temprano. La ansiedad y toda clase de temores me impedían gozar del paisaje, que, por lo demás, el sol volvía indistinto.

De vez en cuando, canoas a motor, algunos veleros más bien modestos. Insensiblemente, la atroz luminosidad parecía atenuarse. La luz se volvió oblicua y, mucho más tarde, horizontal, alargando sobre el agua la imagen de algunos árboles de la otra orilla. De inmediato llegó la hora en que los pájaros emprenden su actividad frenética, matemática y danzante en los remolinos del aire: he aquí la perfección de la vida, su vida exacta, ya sea que planeen o que giren, se llaman y se entrecruzan con arte y, a veces, de repente, desde lo alto en el cielo, algunos de ellos, y uno después de otro, se lanzan como flechas, como desde un trampolín, hacia ese punto, invisible para nuestros ojos, al que quieren llegar.

El sol parecía crecer, rubicundo, pero aureolado de una luz metálica, como un reflector de teatro. El telón se alzó sobre la luna, vuelta transparente, y el barco apareció al fondo de la perspectiva, muy lejos, como de juguete.

En pequeños grupos, precedida por los dos o tres empleados y −a juzgar por su voz y sus gestos− su contramaestre, la gente avanzaba hacia el minúsculo muelle: mujeres con vestidos estampados y sombreros de paja, superadas por sus niños, que corrían a la orilla del río y que al ser reprendidos se escondían tras los arbustos.

El barco se aproximaba, muy lentamente, escoltado por extraños pájaros encapuchados de negro, que no se parecían a las golondrinas de invierno aunque, como ellas, parloteaban sin cesar.

Las personas se han callado, una de las mujeres se ha quitado el sombrero, sin duda para que la identifique el pasajero al que ella aguarda; los viajeros aparecen, uno tras otro, en el puente, cada cual trata de descubrir el rostro familiar; gesticulan, no son muchos, mi padre es el último, me busca con la mirada, como los demás, pero yo dudo en mostrarme; viste una camiseta roja, siempre le ha gustado el rojo. Y un pensamiento estalla, eléctrico, que es mío y no lo es, en mi cerebro, haciéndome lamentar que él haya venido. Me adelanto. Uno a uno, los pasajeros bajan del barco por una abertura estrecha y de mezquina altura que los obliga a inclinarse; mi padre me ve, hay una amplia sonrisa que me transmite; y me avergüenzo de aquel pensamiento que cruzó mi mente.

La gente se dispersa; se aleja el griterío de los niños; y mi padre y yo, tomados de la mano, vacilamos, observándonos con atención, antes de abrazarnos. Y no nos abrazamos.

Hace ya media hora que el sol se ha puesto, pero el cielo ha adquirido, aquí y allá, una luminosidad plateada. Estamos frente a la casa. Le alcanzo a mi padre nuestro manojo de llaves y lo tranquilizo sobre el estado de su bañera y su ducha. Él se muestra minucioso, lento, preciso; no le gustaría fallar al girar la llave en la cerradura, un gesto que ha practicado durante largo tiempo. Yo me inclino para recoger su pequeña maleta. Cuando empujamos los batientes, se oyen crujidos, y golpes en el último piso; además, se diría que un poco de noche se ha refugiado en el salón y que los postigos cerrados lo preservan. Todo es oscuro, las paredes del corredor, la escalera en zigzag que sube hasta el segundo piso; oscuro, sin color, o del color extinto de las viejas fotografías. El olor a cerrado, a humedad, se ha mezclado felizmente con el de la cera.

Abrimos las ventanas y, de una ojeada, mi padre advierte las huellas del piano Gaveau en el parqué, y el juego de té, que hace tintinear en el aparador con un gesto infantil; y la ausencia del retrato ovalado de la bisabuela fundadora, entre las dos ventanas, sobre la tapicería, antaño florida, para mí desde siempre desteñida, con motivos esfumados.

Mi padre... Sí, helo aquí de nuevo; hace un rato, en el muelle, su cara me había parecido desvaída; siempre emana de su persona una elegancia ágil. Permanece fiel a ese rojo ardiente que le gusta. Pero me intriga con ese anillo en el anular, de oro mate, con un engaste chato en el que se adivina, más que se dibuja, un escarabajo. Nunca antes había llevado anillos, ni siquiera su alianza. Evito mirar el anillo, no hago preguntas, no digo nada –pero esa nada es inmensa en mi corazón.

Comimos, en la cocina, un budín de pescado y crustáceos, ensalada de nueces, papayas y frutas en almíbar.

Al entrar, mi padre tropezó con el cajón de aserrín, ahora vacío, semejante a un pétreo objeto de museo, que sobresalía bajo la mesa y que se compró cuando el gato de la casera, ya muy viejo, dejó de salir de la casa.

Recuerdo su pelaje amarillo anaranjado y, también, que me habló en un sueño, quitándose sus guantes.

Nos sentíamos intimidados y creo que tanto él como yo nos sonreíamos para llenar el silencio, pero la sonrisa se atenuaba y una mutua gravedad nos enviaba muy lejos al uno del otro, al fondo de nosotros mismos, y ambos podíamos observar en nuestros rostros la vulnerabilidad de quien nos permite comprender un secreto, o una desilusión.

No me atrevía a preguntarle por qué no nos habíamos visto en tanto tiempo. Prefería evitar un momento de incomodidad: quería que fuese una simple pregunta distraída, pues lo que yo quería saber ya lo sabía de antemano.

No habría creído que sin él yo hubiera podido dar los primeros pasos de eso que se llama una carrera. Es verdad, él me había dejado en buenas manos, las del maestro de maestros, don Savine, quien, con sensatez, me prohibió tocar en público antes de cumplir catorce años. Entre paréntesis, él sostenía que un músico puede hacerle decir al piano lo que le avergonzaría hacerle decir al violonchelo, pues la sonoridad del piano es abstracta, mientras que la del chelo imita la voz humana, el aliento humano. Si don Savine no me lo hubiera dicho, me habría llevado mucho tiempo sospechar que mi padre se había alejado de mí porque consideraba mis dotes superiores a las suyas, no por celos sino porque temía que, por estar muy apegado a él, yo pudiera menoscabar las mías, atenuarlas e impedir hallarme un día por encima de él: era necesario que yo, libre, solitario, echara a volar –palabras del Maestro– sin depender de su altura; era necesario que yo evitase todo escrúpulo, so pena de acumular remordimientos tardíos suscitados por mí mismo.

Un año antes de nuestro reencuentro, yo estaba en Nueva York con el Maestro y supe que el cuarteto de mi padre tocaba en Baltimore.

Hubiese querido sorprenderlo después del concierto, pero antes del entreacto renuncié a hacerlo: a medida que la música avanzaba, yo me empequeñecía, me encogía en la butaca. Lamentaba la sutileza de mi oído, que sabía captar, ciertamente, los matices del sonido –el sonido de su violonchelo– y el sentido impecable del ritmo, pero también su carencia de alma.

Hubiera querido unirme a él, fundirme en él, despertar en él el saber que él mismo me había dispensado... Me fui antes de que disminuyeran los aplausos y aumentara la luz de la sala. Yo estaba triste, infinitamente triste, y me decía que no conocemos mejor a nuestros padres –mi padre, en este caso– por haber compartido su intimidad. En cambio, su manera de tocar me sugería mil cosas, pensamientos fugaces, luciérnagas.

Mi padre exageraba, no lo dudo, cuando les contaba a sus amigos, o a la gente del oficio, que un día en que ensayaba desde hacía horas un cuarteto con sus colegas, me habían oído, en una pausa, tararear dos melodías que se entrelazaban y que, naturalmente, yo canturreaba la una después de la otra; y que él me había llevado al piano, que estaba cerrado con llave.

Lo abrió, tecleó las primeras notas de la primera melodía, reguló la altura del taburete y, lo recuerdo, añadió dos pequeños almohadones bordados con motivos de flores descoloridas: yo sabía que era el piano de mi madre y que nadie había tocado en él después de su muerte. Mi padre incluso aseguraba que si con la mano derecha yo había adivinado de inmediato una de las voces, no tardé mucho en hacer lo mismo con la otra, para entrelazar luego a ambas con exactitud.

En cuanto a mí, que no contaba entonces tres años, como decía mi padre, sino cuatro, sé que a partir de ese día hice del teclado mi morada, mi nido, mi cielo de placer al alcance de la mano, para vivir allí, para llenar mi soledad y, más tarde, quizá, para esconderme de mí mismo.

Nos deslizábamos en el silencio, nos hundíamos en él, nos encerrábamos en el mutismo, al punto de oír las hojas secas que un viento felino e intermitente perseguía hasta la puerta de entrada. Mi padre miraba por encima de mi hombro, el porte rígido, los labios entreabiertos y hasta contenido el aliento.

Tal vez él nunca se había sentido cómodo en esta enorme casa recargada, donde sombras errantes vagan por los cielorrasos, en la escalera en zigzag, y se pierden en los pasillos de la mansarda, en ciertas paredes del salón en el que estábamos sentados, entre la pesada tela de los cortinados que llegaban hasta el suelo. No sé qué amago de contener un simple cruzar de piernas

—sin duda, a fin de discernir los sonidos nocturnos—me llevó a comprender que se había apoderado de mi padre una inquietud entreverada de temor.

Un niño aprende a conocer la casa donde ha nacido. Nunca tuve miedo en ella, pero siempre paso furtivamente ante la puerta de dos hojas de las dependencias de mi madre, en las que nunca he entrado. ¿Sentía temor mi padre? ¿Temía amenazas, una presencia inoportuna?

Del entrepiso, al que se accedía por unos escalones externos, nos llegó un ruido decidido, minucioso y exacto, y luego reconocimos, sonrientes por fin, el paso de Lucienne, antaño mi niñera, ahora la guardiana del lugar: la precisa triple vuelta de llave en la cerradura que en otros tiempos abría la puerta de servicio, blindada —siempre la misma, puesto que, de vez en cuando, ella venía para ventilar la casa.

Allí estaba Lucienne. La miramos, y ella no dejaba de mirar a mi padre. La sencillez en persona, con un aire de religiosa aristócrata, las manos cruzadas sobre la cintura, la inalterada sonrisa infantil que al instante desalojaba a la vejez, la fina red de arrugas tejiéndose hacia las orejas, el ojo izquierdo cerrado a medias, que la volvía maliciosa, y el pelo gris perla, ondulado, recogido en la nuca en un rodete. Únicamente las piernas, que mantenía bastante separadas, delataban su condición de aldeana.

Ella permanecía en el umbral y mi padre, con los brazos bien abiertos, golpeando al pasar un bargueño inamovible, se plantó frente a ella, sin abrazarla pero sacudiéndole con las manos los frágiles hombros. Los ojos de Lucienne centelleaban –y se hubiera dicho que su ojo entornado, como sorprendido por un brusco despertar, brillaba aún más.

Lucienne titubeó cuando mi padre le hizo señas para que se sentara junto a él en el sofá, después asintió con un leve cabeceo y, alisando con ambas manos su vestido negro, se sentó al borde del sofá, en el extremo opuesto.

No tardé en convertirme en el espectador que se retrae en la grata penumbra de una pantalla verde. Aquellos dos se habían puesto a parlotear con un aire cómplice y bien pronto sin tregua; el vestido negro de Lucienne, sin duda un vestido de mi madre, se expandía en pliegues delicados. Él, a su vez, parecía encantado de deslumbrarla –tenía tendencia al halago, estaba tan dispuesto a modificar sus palabras, las palabras que pronunciaba cuando Lucienne lo contradecía...

A mi padre y a mí nos unían a ella lazos diferentes. Lucienne había sido para mí una especie de madre auxiliar, pero no me siento unido a ella. Hasta diría que, de muy pequeño, no le confiaba jamás mis secretos, ni aun los más modestos: yo desconfiaba de ella. No la quería.

Esa noche, en su presencia, mi padre rejuvenecía. Yo no los escuchaba, yo lo miraba a él. Mi padre era hermoso: ahora emanaba de él un resplandor; y yo recordé los años de mi infancia, cada matiz de su voz cuando me hablaba al oído, o de muy cerca, cuando nuestras manos se comprendían, se contestaban, se adivinaban.

El pasado, el recuerdo del pasado, se había alejado de nosotros. Ya no nos mirábamos con los mismos ojos. A veces yo tenía la impresión de que sólo quedaba de él el aspecto. El diálogo entre mi padre y Lucienne –parecido a una confabulación– había ido perdiendo entusiasmo poco a poco; un vago gesto de la mano o un movimiento de las cejas prolongaban retazos de frases. Recuerdo haber pensado en las últimas gotas de lluvia que caen de un techo; y haberme levantado inesperadamente, haberlos mirado con una sonrisa, por cortesía, y haber dado una media vuelta que pretendía ser insolente.

Mi padre me alcanzó en el patio, y oí los pasos lentos, secos e intermitentes de Lucienne en la escalera, cuyos peldaños crujían.

Llena, nítida, puntual, la vaporosa luna del atardecer se había afirmado e iluminaba nuestro estéril paisaje hasta semejarlo a una fotografía en blanco y negro; en cambio, el ojo azul de mi padre recibía el reflejo trémulo de la luna y parecía más azul, cuando él se volvió, súbitamente erguido e incluso altanero, intentando sin duda compensar el tono zalamero de su comadreo con Lucienne, aunque bastaba mirarlo para advertir que era todo oídos, que estaba al acecho: ¿se acordaría del suelo pedregoso en torno de la casa, hasta el río, que se oía crujir con nitidez en la noche?

Era la misma noche, la misma luna llena, y estábamos en el patio cuando él me incitó a prestar extrema atención para escuchar más allá del silencio; me cuenta que en la naturaleza se libran guerras infinitesimales, que diminutas bestias se devoran entre sí con ferocidad; y que el hombre es igual a éstas, y, peor aún, una criatura fallida.

Así como uno se apresta a proclamar una convicción, a revelar un secreto, a reprender, él cerró con fuerza sobre mi hombro su mano de largos dedos y, de inmediato, no sin brusquedad, la retiró. ¿Qué había querido decirme? Nos encontrábamos para siempre fuera de ese cálido círculo donde él había guiado mi infancia, pero del cual se habían alejado nuestras vidas. Ahora cada uno se pertenecía sólo a sí mismo.

Cuando a la mañana siguiente, muy temprano, bajé para asegurarme de que Lucienne no había olvidado las papayas que a mi padre le gustaban sobre todo en el desayuno, lo vi al fondo del corredor que llevaba a la biblioteca, subido a la escalera con la que yo, de niño, soñaba alcanzar el dibujo del cielorraso, compuesto de flores abundantes que escondían un pequeño pájaro amarillo.

Él oyó mis pasos, es decir, el crujido de los escalones, y se volvió, sonriente; su bella sonrisa lo rejuvenecía: había descubierto ya no sé qué libro imposible de encontrar en librerías desde hacía mucho. Yo no amaba los libros; ya en mi infancia leía mejor una partitura que una escritura alfabética. Y, a decir verdad, esa indiferencia se prolongaría durante años. Descubriría la gravedad, si no el placer, de la lectura durante un vuelo interminable, cuando el pasajero sentado junto a mí, que había tenido la cortesía de ignorarme, se envolvió en una manta, apagó la minúscula luz y, casi sin mirarme ni decir una palabra, me tendió el libro que él, sin duda, había acabado: un señalador de páginas metálico, colocado en la mitad del volumen, no debía de obedecer al azar. Marcaba el comienzo de un relato que contaba la historia de un muchacho que apuñala a su hermano adolescente, a quien adora. Lo leí dos veces.

Las papayas y las frutas rojas sobre la mesa de la cocina, en el corredor el aroma de los bizcochos cocidos en el horno, y la constante satisfacción de Lucienne, que había vuelto a ponerse su vestido de algodón negro, con una franja bordada –«en realce», explicó, ante las felicitaciones de mi padre.

Una vez en el salón, mi padre pareció replegarse sobre una grave consideración: por un instante su expresión se volvió casi sombría. Pero se trataba de un cambio de rol; quería hablarme de música, de la música en sí misma, dijo, buscando las palabras, de sus orígenes.

En otro tiempo, cuando yo era muy pequeño, él me enseñaba lo que su maestro, don Savine, le había inculcado; y entré en la adolescencia con una suerte de maravillada convicción: la música no participaba de las artes terrestres, estaba más allá, en un mundo aparte, atravesado por ella, sin comienzo ni fin. Su maestro sostenía que la música no está vinculada a los intereses humanos, que el sistema de conocimiento sólo funciona para aquello que, de una u otra manera, entra en los intereses humanos; y que la esencia de la música será para nosotros eternamente desconocida; que el hombre, para poseerla, debía domesticarla, reducirla, mutilarla y dar una ley a su materia informe.

Pero a mí, al margen de esta idea casi religiosa según la cual la música procede de otras esferas, no me cautivaba esa teoría. Más bien, me inquietaba, no me gustaba que se intentase definir, comprender la música. Lo que se dice en música era ya entonces para mí lo que no sabría decirse.

Él sonrió, desplazó el florero sobre la mesa polvorienta y dijo, muy lentamente, sin mirarme: «Quisiera confiarte mis pensamientos, nacidos en estos últimos años, tal vez desde que mi violonchelo sólo interpreta cuartetos...».

Dijo que la música emana del hombre, que surge de lo hondo de su cuerpo, de esa inconcebible hondura del cuerpo que ningún pensamiento, ninguna especulación han sospechado, pues el hombre jamás ha imaginado lo que el telescopio le muestra de sí mismo: «Y, no obstante, el hombre que, entre millones de hombres, lleva en sí el germen de la música, el creador, con una sensación cercana al vértigo, ese hombre acoge el despertar de los sonidos, todavía apenas sonidos, apenas despiertos, como la hiedra que busca un equilibrio y se aferra al tronco de un árbol».

Pensaba en sus cuartetos, en los cuartetos que interpretaba. Dijo que nadie lograría jamás explicar el nacimiento, en el cuerpo, de sonidos que se multiplican y dan forma al tiempo. Dijo que algunas cadenas de sonidos desaparecen mientras que otras, como orugas que se acoplan, sobreviven y luchan entre sí en un recinto sin salida, convirtiéndose en melodía, apaciguándose luego, y cada una sometiéndose por instinto a la medida, la del corazón musical del creador. Hay lucha de melodías en ciernes, a veces un embrollo, y es entonces cuando un dios del sonido entra en la batalla y los otros sonidos le obedecen. Después, más lejos, más tarde, el tiempo los abandona y las voces se extinguen poco a poco, una tras otra, se reúnen y cobran impulsos que convergen. Allí las cuatro, reconciliadas, estallan en un acorde triunfal.

Mientras lo escuchaba, me puse a pensar en los sentimientos cuya causa ignoramos, que se infiltran cuando el corazón está en paz. La música es una fortaleza, pero hay momentos, hay días en que, mientras uno se siente apacible y apaciguado y ese instante se extiende no demasiado lejos de la felicidad, el aire alrededor se alza, penetra y arrastra un torbellino de angustias, y nuestros misterios son tan oscuros como el misterio de la música del mundo.

Sigue diciendo que la obra consumada permanece ligada a su creador, pero que éste no ignora que su obra lo supera. También el creador es un intérprete, aunque lo sea de sí mismo.

Yo me sentía feliz y perplejo; jamás, tal como me había anunciado, se me había confiado de este modo, no entraba en sus costumbres; pero, ciertamente, si antes estaba dirigiéndose a un niño, ahora, en cambio, se dirigía a un adolescente afortunado, mucho más famoso que él –cosa que me incomodaba y, más aún, me entristecía– y que podía seguir beneficiándose de sus meditaciones, de su experiencia, de ese genio lleno de imágenes, lírico, que yo amaba ya otrora, sin sospechar que se trataba de un genio poético que, inocentemente, me sedujo.

¿Era su ensoñación lo que me colmaba de alegría, o, más bien, el hecho de que él me la hubiera expresado y enunciado, pese a sus imprecisiones, como quien recita un texto? ¿Era para mí, o lo ensayaba él en mí, que ya era capaz de comprenderlo?

Se lo veía satisfecho y, de súbito, como agotado. Mi padre: el único ser en el mundo que hubiera podido consolarme de una desdicha. A nadie frecuento, ni siquiera a mis profesores, a nadie quiero. Todos los años viajo a Praga, le llevo flores a una desconocida: mi madre. Y por unos instantes, sentado sobre su tumba, distraído, en otra parte, creo en Dios.

Cuando mi padre me preguntó si compartía su teoría, le contesté que su visión de la música, la idea de que tuviera su origen en un mundo inconcebible, me parecía feliz.

Hubo una pausa; después, sin pensarlo, sin quererlo, me oí decirle que más valía ser amado que ser comprendido.

Él titubeó, de inmediato sonrió, bajando los párpados, con expresión triste. Me sentí culpable; no decimos siempre lo que sentimos, pero lo que sentimos termina por dominar lo que decimos. Me pareció que él estaba molesto, y después, bruscamente, se puso de pie, de pronto rejuvenecido y, con una sonrisa indecisa, me preguntó: «¿Cuándo te marchas de nuevo?». Sin esperar mi respuesta, dio media vuelta, se detuvo volviendo apenas la cabeza, sin duda liberado por dentro, y se oyó al mismo tiempo el rechinar prolongado de una puerta que él abrió y cerró con una curiosa precaución, como cerramos y abrimos algo en la oscuridad, cuando la casa está dormida.

Estupefacto, alelado, permanecí bajo el aullido del sol de mediodía. Así partía él cuando yo era pequeño: me dejaba en lo alto del sendero. Recordé el último guijarro que saltaba sobre los peldaños, tras la empalizada de tunas; y también el decirme a mí mismo que, contrariamente a lo que yo creía, no había salido aún de ese periodo repelente de la vida: la pubertad. No hay en mí, no lo hubo jamás, un muchacho de dieciséis años: soy fluctuante, temeroso y, sin embargo, seguro de mí mismo –puedo apostar cualquier cosa sobre mí cuando estoy sentado al piano, aunque a veces me quede paralizado de estupor, el cerebro como detenido–. Soy el oído y el teclado, siento remontar en mí la energía y la sangre, me siento feliz, pero a veces aterrado: las manos me han precedido, marchan por delante, intento unirme a ellas y a ratos se fusionan conmigo, pero sé que en todo momento pueden jugarme una mala pasada, y cuando las últimas notas entran lentamente en el silencio, quedo deslumbrado porque ellas han hecho lo que yo quería hacer.

¿Dónde estaba? Sólo volvía en mí en el momento en que, una vez tocado el último acorde y todavía sostenido por los dedos y los pedales, el sonido se alejaba en el silencio. Entonces, mucho más atrás del pensamiento que se cristaliza, pasa una suerte de música sin principio ni fin; y más allá de la música, el eco lejano del corazón, un modesto infinito, mientras la tempestad de los aplausos me devuelve a la realidad. Yo estaba en el mundo –por no decir en el universo– y ahora estoy frente al mundo. Somos pensamiento dislocado, pero la música nos salva.

¿Me repuse rápidamente de ese adiós en el que cada palabra, cada gesto, delataba una suerte de alegría inquieta? Al igual que hacen las manos sobre el teclado, mis piernas tomaron, sin que yo lo pensara, el sendero escondido que –al contrario de las orillas donde atracaban los barcos y donde mi padre había desembarcado la víspera– subía hacia las colinas hasta llegar al recodo del río. Muy lejos, según mi padre, el río se ramificaba en innumerables brazos, formando el delta, la belleza de cuyas islas había creado una ciudad bastante fastuosa.

De reojo, yo había percibido la silueta de Lucienne en el patio, las manos cruzadas sobre el vientre, y no tardé mucho tiempo en clavarme una espina bajo la uña de un dedo de la mano derecha; el camino escarpado descendía cada vez más, al tiempo que las alturas que yo quería alcanzar se alejaban en un cielo descolorido por el sol absoluto de mediodía. Intentaba olvidarme del dedo, pero en vano: se hinchaba y, a veces, sentía tales punzadas que me entraban ganas de arrancármelo.

Yo había hecho más o menos este camino con mi padre un día de Navidad, pero al final de la jornada, para evitar el calor sofocante, húmedo, de ese rincón del mundo por el que caminaba con las piernas arañadas por las zarzas. Horizontes transparentes y sucesivos se extendían hasta perderse de vista en lontananza, más allá de las altas tierras desérticas y de las rocas erosionadas que han forjado toda una corona de figuras escarpadas.

Había hecho una larga ascensión, escalando a través de los desmoronamientos, no sin perderme y dar mil vueltas entre esas lianas espinosas de las zarzas, que desde el comienzo habían aparecido y aumentaban a medida que yo subía.

Después, en un recodo, alcancé una meseta de piedras ardientes que se elevaban, lisas, como un cadalso al que se asciende en una ópera; y de repente volví a ver esa suerte de mirador natural que mi padre había querido mostrarme –entre el acantilado que se alza, excavado sobre el remolino de las aguas, y la eminencia rocosa curvada sobre el río, semejante al arco de un templo bárbaro en ruinas y lleno de grietas.

Había llegado, por fin, milagrosamente, pero ¿para ver qué, exactamente? Yo sabía los horarios del único

31

barco que transportaba pasajeros: por la mañana, a las ocho; por la tarde, entre las seis y las siete.

Evidentemente, mi padre no había querido tomarlo, pues se marchó de casa hacia mediodía. A juzgar por su nerviosismo, alegre y mal disimulado, debía de esperarlo una embarcación privada.

Excavado en la alta roca, había un orificio redondeado, con salientes como garras. Desde allí, en puntas de pie, se podía ver el paso de las heterogéneas embarcaciones, a menudo tan afiladas como las góndolas, como se pueden ver en el Neckar, en Tubinga; pero entre el acantilado y el arco suspendido sobre el río, que mi padre bautizó con el nombre de «el arco del templo», el deslizarse de los barcos, aunque lento, es muy breve. Y apenas mediaba una decena de metros entre la rústica lucarna y el agua, pero vertical.

Mi padre, que gustaba de las imágenes, las metáforas y las raras palabras compuestas de la lengua francesa, había dicho: *oeil-de-boeuf*, «ojo de buey».

En la otra orilla, llana y, vista desde mi mirador, muy baja, la hierba estaba marchita, pasado el mediodía, y, sin embargo, verdeante. La otra orilla, sí, el otro lado del río, allí donde moraban tantos pájaros, sin duda al amparo de la sombra de raros follajes, a la hora en que el sol abrasa.

Sudoroso, empapado en transpiración, mojado, ridículo, infinitamente solo y con el índice inflamado, que sin duda perdería, me habría tirado de cabeza si hubiera tenido valor: el agua, tan sólo el agua y los pájaros se merecen la música, el esplendor de los pájaros y del agua, y partir, yaciente, arrastrado por la corriente hasta fundirme con las praderas marinas. Ensoñación. Insolación.

Veía pasar barcos de vela, barcos a motor, barcazas, y recordaba los nombres que les había dado mi padre en aquel lejano día: chalupa, lancha, piragua de pescador, canoa –¿esa, ligera, que se infiltraba entre los otros barcos?

Mis piernas, en puntas de pie, estaban agarrotadas, sobre todo las pantorrillas. El calor empezaba a disminuir. Ya no esperaba nada cuando avisté una chalupa, o, más bien, cuando mi mirada la aisló entre otros barcos similares, a causa de la camiseta roja de mi padre. Sentado, las piernas dobladas, las manos cruzadas sobre las rodillas. Intenté distinguir el rostro del muchacho que manejaba un solo remo, mirando hacia la otra orilla. Tal vez de mi edad, pero con brazos musculosos –músculos desproporcionados respecto del resto del cuerpo, poco semejantes a los músculos de un pianista, laboriosamente desarrollados pero imperceptibles a la vista.

A la altura del «templo», vi que mi padre se levantaba, aferrándose a la cintura del muchacho y que, una vez de pie, pasaba su brazo por la espalda desnuda de su barquero, obligándolo a mirar esa imitación arquitectónica de la naturaleza, desde donde yo los miraba. El muchacho llevaba una camisa atada a la cintura, una camisa roja. Y cuando mi padre le señaló el profundo «ojo de buey», como el reflejo de una llamarada en un espejo, retrocedí y me dejé caer hacia atrás, sacudido de pies a cabeza por temblores espasmódicos, en mis oídos el chirrido de los saltamontes como un dios que aguza su espada: en mi desesperación y mi impotencia, soñaba que le hundían un puñal en el pecho.

Cuando volví a la casa, era la hora de los pájaros en el otro lado del río; creía haberlos oído. Estaba exhausto, había envejecido. Nunca más sería un adolescente, no aprendería nada más de la vida.

De lejos vi a Lucienne, que salía al patio y, con la mano a modo de visera, escudriñaba el paisaje, aunque yo estaba ya frente a ella. Con torpeza, dio un paso hacia mí: lloraba. Ni una palabra salió de sus labios temblorosos. Fue en ese preciso momento cuando decidí, pese a las dificultades que provocaría mi corta edad, legarle, cuanto antes, la casa y la inmensa propiedad, árida, estéril, desértica, cuya única ventaja era la de no atraer a nadie, ni siquiera a los caminantes de paso.

Durante al menos una hora, Lucienne aplicó a mi dedo enfermo las cataplasmas que ella consideraba indispensables para efectuar, con el cuidado más extremo, la «toma» –decía– de la espina. Me reencontré con el olor a lino de la cataplasma y la succión de las ventosas en mi espalda, cuando, en mi primera infancia, las crisis de tos seca, en pleno verano, me arrancaban los pulmones.

Con el arte de bordadora, que ya le conocía, Lucienne logró extraer la espina –larga, me decía ella, como de un centímetro y medio– con ayuda de unas pinzas de depilar; y bastaba ver sus cejas enmarañadas para comprender que el benéfico, pequeño objeto había sido de mi madre: en su fotografía, las cejas se limitan a una línea, generosamente curvada.

Entre la vigilia y el sueño, yo veía mi índice como el extremo de un dedo sin uña, adelgazado, de carne fofa.

Yo debía, con toda urgencia, cancelar una serie de conciertos –quizá todos los conciertos, para siempre– sin que mi empresario supiese la verdadera razón: aducir cualquier enfermedad, incluso un accidente grave, espectacular, porque un pianista no puede tener un dedo accidentado. ¿Una depresión? Mejor, un capricho.

Al día siguiente partí rumbo a Sydney. Cuarenta y ocho horas después, a Reykjavik, donde la mayor parte del tiempo el día es tan oscuro como la noche.

Si uno se atenía a los rumores contradictorios suscitados en su momento por la muerte de mi padre, nunca se sabría quién lo apuñaló en ese delta cuyo esplendor, antaño, él me había alabado y al que había prometido llevarme. Los ecos no me llegarían sino varias semanas después, en Islandia, en un puerto de pescadores en el que me había escondido. Lucienne se había ocupado, como suele decirse, de todo, y durante mucho tiempo estuvo buscándome, en vano.

El día en que vi por última vez el rostro de mi padre, enmarcado en el orificio redondo del «ojo de buey», yo experimenté uno de esos violentos deseos que surgen en nosotros sin pensarlo, como el núcleo de una melodía –cuatro, cinco notas– nacida durante el sueño, o en el viento: veía a mi padre y esperaba su muerte.

¿Lo maté? ¿Siguiendo los designios de las estrellas? Como el desastre de los soles que estallan y hacen desaparecer mundos, todo es inocente. En fin... De mi padre, tal vez aprendí, sobre todo, que el amor tiene poco que ver con el ser amado.

A todo lo que aspiro es a afrontar los límites de la música, pero lo que la música sugiere mediante alusiones y sombras no se colma jamás, lo mismo que el mar.

Cuando el sol se alzaba sobre la tierra desnuda y áspera en la que ella había nacido, Madame Detrez volvía a experimentar el placer de su primerísima infancia, que consistía en observar la sombra del único árbol de la casa, su inasible progresión, hasta su dispersión hacia el mediodía.

Algunos años después, prefería asistir a la puesta de sol, sobre todo cuando las nubes, semejantes al telón de un escenario repentinamente iluminado, se visten de oro.

El pálido semblante velado por un tinte ocre sin matices, el cabello gris cuidadosamente ondulado, la nariz admirable, la boca de un color casi pardo, de contorno como sólo un afilado lápiz de maquillaje podía dibujarlo, y el labio superior que ascendía por un solo lado, la comisura derecha, evocando una tristeza sonriente, un poco de ironía, en contraste con sus grandes ojos negros, en los que se captaba, en una mutación caleidoscópica de sentimientos, un estupor infantil, melancolía y, a ratos, una apacible desesperación.

Según decía, allá lejos el cielo brillaba y, tan distante como el horizonte inmenso, una corta cadena de montañas escarpadas, perfiladas, irreales, se diluía, de color gris azulado por la mañana, para reaparecer con un azul vaporoso al caer el día.

Como llegué excesivamente temprano a París, a la Rue Meslay –donde iba por primera vez a visitar a la nodriza de mis antiguos veranos, en otro hemisferio–, deambulé no sin placer pero con un insistente remordimiento. En tanto que la arquitectura me sorprendía, pese a los llamativos escaparates de calzado, no pude resistir el impulso de deslizarme en una casa cuando creí percibir un jardín detrás del portal entreabierto donde charlaban dos mujeres jóvenes; una en la acera, y la otra, que sujetaba uno de los batientes, con un manojo de llaves en la mano –evidentemente era la portera–, sin dejar de parlotear con su amiga me indicó de inmediato una puerta vidriada y el piso de un departamento en venta.

¿Había yo sonreído? ¿Se disculpaba tal vez ella así de su displicencia, incluso de su distracción: en esa clase de barrio, un traje pulcro y, sobre todo, una corbata bien anudada tranquilizaban todavía a la responsable de una propiedad?

Ahora bien, era la vegetación lo que me había sorprendido y atraído; sobre todo, muy al fondo del patio, en medio de un verdor ordinario pero con una proliferación digna de la selva, un arbolito angosto, macizo, envuelto en una floración del más pálido color rosa.

De los peldaños de madera de la escalera, que crujían, emanaba un mareante olor a cera. En el revoque de una pared, un trocito de piedra con la fecha 1774, grabada sin duda por uno de los albañiles que habían terminado una de las alas de esta modesta construcción. En el segundo piso, tres puertas, la del medio entreabierta: golpeé, aguardé, sólo reinaba el silencio. Deseé irme, después... pasitos menudos... y apareció una mujer, cuyo nombre ignoraba, de una distinción a la vez severa y lánguida.

Sin una palabra, me hizo una seña, un poco teatral, y con un amplio ademán de la mano me señaló un sillón. No sé si sus manos eran hermosas, pero fue hermoso su gesto, a la vez delicado y firme.

De repente brilló en sus ojos una chispa de curiosidad, de inmediato disimulada. Después, indecisa, quizás incómoda, pareció dudar en sentarse, como si desconociera sus propios muebles, y terminó por elegir el extremo del canapé colocado al sesgo, de espaldas a la ventana, frente a mí. Un velador nos separaba.

Las manos cruzadas sobre una pierna y, de nuevo, la mirada inquisitiva que aguarda una respuesta importante, o que cree habernos visto antes, sin lograr, no obstante, ubicar el lugar y el momento: ella era, en definitiva, la que parecía estar de visita.

Sin modificar la postura naturalmente recta, con la espalda esculpida, que sólo perdura en las bailarinas clásicas, Madame Detrez parecía sentirse más a gusto y casi a punto de sonreír.

–¿Quiere ver el departamento? Oh, las dimensiones son modestas, es grande porque, lo verá usted, las habitaciones están separadas por pequeños corredores. En realidad, no creo que pueda interesarle, ni el lugar, quiero decir, el barrio.

–Me gusta el patio, sus macetones de terracota, a la italiana...

Se puso de pie. ¿Su cuerpo? El de una mujer considerada todavía delgada en los años cuarenta, cuando una faja emballenada y atada con lazos ceñía la cintura, aplanaba el vientre y disimulaba los contornos de las nalgas –como si ella hubiera sido liberada desde mucho tiempo atrás, pero fuese prisionera de una suerte de redondez moldeada en el pasado.

Sí: ella había hecho reformas, las paredes, el piso, las ventanas con doble vidrio; faltaban muchos muebles... «No pude acostarme en la cama de mi madre, la primera noche, con sus sábanas y sus fundas bordadas, arrugadas, polvorientas... Mi madre murió mientras dormía... Una cama con columnas y un respaldo tallado... Había nacido en París y no había vuelto en mucho tiempo... Y después... Creí que podría vivir aquí... Pero...»

Se interrumpió: el cajón mal cerrado de una cómoda había atraído mi mirada y ella lo advirtió. Repentinamente, un rayo de sol a ras de las ventanas había delatado un revólver. Con lentitud, con sencillez, ella cerró el cajón, sin disimular su gesto.

Enmarcados por las ventanas, los plátanos del boulevard Saint-Martin: el bulevar del Crimen, dijo Madame Detrez. Durante un viaje a París con su padre, éste la había llevado al Ambigu, donde un tal Marcel, o Marceau, o quizás un tal Marcel Marceau, renovaba el arte del mimodrama, como se decía antaño. Era a finales de los años cincuenta, y la primera vez que ella veía una sala de teatro; salió de allí como de un templo, un lugar sagrado, en tanto que la pantomima se le volvía una imagen descolorida, incrustada en el fondo del escenario.

–«Pero ¿qué es el mundo sino un teatro?», decía mi padre, a quien le gustaban las sentencias inapelables. Todo lo que yo podía saber, lo había aprendido de él: las frases fragmentarias pero definitivas, anteriores a Platón, Aristóteles, Cristo..., todo lo que se aproximaba a un aforismo: Parménides, Empédocles y Demócrito, quienes, según él, habían declarado que el alma es idéntica al intelecto y que no existía animal alguno totalmente desprovisto de razón. El mundo y la comedia. ¿Había pensado mi padre en *El gran teatro del mundo*, de Calderón? El teatro, el teatro, en el que yo no hubiera podido soñar, allá lejos, en mi país, es un reflejo muy frecuente en mis ensoñaciones; tengo la impresión de que allí vuelvo a encontrar una existencia verdadera. El teatro... Todo lo que ya fue vi-

vido es lo que invade las tablas para hacerse revivir, ¿no es verdad?

»El Ambigu fue demolido hará unos cuarenta y cinco años y en su lugar se construyó ese edificio enorme que usted puede ver, ¡ay!, desde mis cuatro ventanas. Otro horror más. Seguirán socavando la perfección sublime pero discreta de esta ciudad... París: una potencia única, pero circunspecta, de una elegancia que ayuda a adquirir cierto porte y a pensar... si el pensamiento es siempre una exigencia de la naturaleza. Lo creo, pero no siempre... Creo que la vida desprecia al pensamiento, ¿sonríe usted?..., que el pensamiento es un extranjero en la vida... Si intento retenerlo a usted es porque no conocí jamás, ni aquí, en esta ciudad, ni allá lejos donde nací y viví, a alguien que pudiera comprender mi largo trayecto de raspones, de quemaduras, antes de... Discúlpeme... ¿Se imagina que en mí se ha infiltrado la locura... pero atenuada? Antes de abandonar París, sin duda para siempre, deseaba que un desconocido, como un sacerdote al que uno se confiesa, que alguien encontrado al pasar conservara aunque fueran unas pocas palabras, por un día, una vez... No pretendo contarle toda mi vida, sino evocar junto a usted ciertos momentos, antes de volver al país, al mundo de mi padre..., al mío. No para que mis confidencias permanezcan en usted, o en algún otro, sino para que existan por un segundo, y se volatilicen después, en el aire, en las nubes, en el olvido.

Dijo, como para sí misma, con una voz exangüe, que era imposible sentirse, no ya feliz, al menos a gusto, si ella podía sentirse así en otra parte; y, sonriendo –la sonrisa subrayada por la curva de su labio–, dijo que los viajes destruyen los recuerdos, pero que de todas las ciudades que su padre le había hecho conocer, sólo París, esta gran ciudad, le había parecido estable, al abrigo de la ruina, al contrario de esas ciudades antiguas cuyos nombres su padre gustaba de enumerar: Palmira, Cartago, Pérgamo, Tiro y Babilonia; y él, su padre, evocaba los desastres naturales, que no pueden ni compararse con los desastres concebidos por el hombre para destruir los lugares en que habita: el hombre no imagina, no piensa en la vida de una ciudad, que es su memoria y la de una civilización... Y agregaba que toda civilización ha nacido y crecido para el recuerdo de la belleza.

–Decía usted que le resultaba imposible sentirse a gusto en París...

–Sí, pero porque es demasiado tarde, porque estoy sola, a pesar de la gente, de las relaciones. Ha tenido usted la ocasión de ver París de noche, una noche sin nubes, desde un avión pequeñito..., una avioneta, decía mi padre... A algunos metros de altura, la geometría que corta en escuadra las avenidas... Se dice que el barón Haussmann tomó como modelo para sus jardines las alamedas diseñadas por Le Nôtre, y es un París resplandeciente el que se ve desde lo alto, en la noche: los edificios más importantes y también el Sena, como un pez de oro.

Madame Detrez concluyó su frase y debió de advertir que la luz del exterior había disminuido: tenía que encender las lámparas.

Me puse de pie, proponiéndole un nuevo encuentro. A juzgar por su mirada, tan vivaz, que parecía reemplazar a las palabras retenidas al borde de los labios, ella no creía que el departamento pudiera interesarme, ni que yo regresara alguna vez.

Pero ella ignoraba que mi nodriza –y yo no ignoraba que ambas se conocían– vivía en su misma calle y no dudaría en mudarse, aunque sólo fuera por las flores que jamás se habían abierto en su casa y que provenían de su lejano país. Esas pequeñas, modestas plantas que parientas casi desconocidas le habían enviado: raíces, improbables raíces de geranios generosos, de humildes margaritas, de claveles y de campánulas –nunca, en el transcurso de su vida, la flor inesperada y única: la gran estrella blanca entre las espinas de un cactus de la región donde ella había nacido y envejecido, y donde no quería morir.

Siempre puntual para las citas, quizá por primera vez me retrasé más de una hora. Mi niñera imaginó, sin duda, que me había perdido por el barrio y, sobre todo, temía que sus bizcochos –cuyo aroma, proveniente del horno de la cocina, enfriado, yo percibía aún en el pequeño salón–, así como su té, se hubiesen estropeado.

Estaba seguro de que a ella le satisfaría mucho cambiar de departamento; y yo también, aunque no tanto...

Pero ¿por qué? Jamás sabré lo que me había movido a proveerla tan generosamente cuando me convertí, en mi adolescencia, en el único miembro de una familia ya dispersa y muy pronto extinguida. Lucienne me veía ahora con poca frecuencia y, sin embargo, ella me había protegido. Nunca sabré lo que me empuja a cultivar algunas amistades que no lo son, ni por mi parte ni por la de ellos, pero que me obligo a considerar como tales, y sin fisuras –siempre y cuando sean amistades distantes y nadie levante el velo detrás del cual, en la oscuridad, el alma gruñe, llora, ríe o canta.

Cuando la simpatía surge de improviso, al punto se afirma sin la menor indiscreción.

La voz de Madame Detrez cambiaba a menudo de tesitura, antes de vencer su timidez y encontrar su apoyo: de la frescura de una voz cascada a la de una voz bien timbrada, gratamente monocorde, un soplo tenue añadía un encanto que llegaba a provocar el asentimiento, aun antes de discernir el sentido de sus palabras –como si ella prolongara una frase venida de lejos, evocando el último sonido de una música que penetra en el silencio.

Ella decía que, para empezar a conocer a una persona, conviene estar atento a las variaciones –palabra que siempre me asombra– de la mirada, de la forma de caminar y, sobre todo, de la voz: «No oímos la nuestra, ni ninguna otra, antes de escucharlas; menos aún esa ficción áfona que se denomina "voz interior". ¿No se mira a veces en un espejo al hablar? Entonces nos sentimos estupefactos al comprobar que no reconocemos a la persona que está hablando; que nadie es el individuo que se imagina...».

Había algo profesoral, tenso, en sus palabras, por lo demás precisas y perspicaces. Después se puso de pie, tomó la enorme bandeja de madera, mayor que la mesita sobre la cual la colocó, con sus copas de *champagne,* sus vasos de whisky y un servicio completo de té. Y, tetera en mano, con la espalda recta y la cabeza erguida, partió a pasitos regulares rumbo a la cocina, y cuando regresó, permaneció perpleja tras depositar el té y la torta, buscando lo que faltaba; luego, de súbito, abrió sus brazos como alas fatigadas, pero en un instante recuperó su energía y su porte.

–De modo que se ha paseado usted a lo largo de todo el bulevar...

–Desde el comienzo de la Rue Meslay hasta la Porte San Martin, eran cerca de las once de la noche, no había muchos transeúntes...

–Nunca de noche, salvo algunas mescolanzas curiosas.

–Me paré frente a una tienda muy vieja, negruzca, abandonada, de otra época, con una curiosa inscripción dorada sobre baquelita: «Aux Mines d'Écume» y, al lado de la puerta de entrada, un panel cuadrado: PIPAS DE BREZO DE MARCA. Un farol curvo, entre las ramas del plátano, lo iluminaba justo en su mitad. Y, más arriba, sus ventanas...

–¿A oscuras?

–Me abstuve de mirarlas. Después me crucé con dos parejas de africanos, de un negro lustroso, profundo, satinado: hombres y mujeres enormes, con voces de bajo, atronadoras; y unos pasos más allá, mujeres y hombres que salían de un pequeño bistró, la piel mate, graciosos, distinguidos, pero de una distinción alegre, danzante... Ninguna relación con Europa.

–Ve usted muchas cosas en poco tiempo.

–Rara vez tengo tiempo para ser indiscreto.

–Cuando mi madre, en 1975 o 1976, decidió volver a París por algunos meses, a su ciudad, a su país «para siempre», decía, la acompañé y me quedé unas semanas con ella. No nos queríamos. Ella no toleraba que yo evocara el Bulevar del Crimen. «No», me decía, «Saint-Martin. Habla como es debido.» Sí, en aquellos años, y creo que largo tiempo después, abundaban en este lugar los cafés propiedad de auverneses... Yo iba por la mañana temprano, después de mi ración diaria de periódicos y revistas. En el que yo frecuentaba, antes de las nueve, se oía a una anciana que, en compañía de obreros como ella, alzaba su vaso de vino blanco, una, dos, hasta tres veces, según el ritmo de las rondas y, con la última, la alegre palabra habitual adoptaba el tono precipitado del devoto que se santigua deprisa mientras se vuelve hacia la salida de la iglesia. Pero lo que sobre todo atraía mi atención en el bulevar era la gran cantidad de turcos que trabajaban en la confección de ropa. Era primavera y a lo largo de todo el bulevar, principalmente en los entresuelos, las ventanas estaban abiertas y esos hombres gordos, con las manos gruesas, semejantes a las del trabajador de la tierra, de un tamaño desproporcionado, manejaban la plancha con la delicadeza de una antigua encajera; o cosían los ruedos con la máquina de coser eléctrica, o a veces a mano... Y en esa misma época, en el mismo café, repleto al final de la jornada, a los turcos tímidos se les agregaban unos hombres soberbios, en el doble sentido de la palabra: serbios, de los que nunca comprendí en qué trabajaban... He vuelto a ver este año a los dos más apuestos, en los que ya me había fijado antaño: estaban debilitados, grisáceos, para siempre, la expresión ausente, fantasmales. Como entonces, no miraban a nadie, salvo a sus escasos compatriotas. Al lado de los turcos, eran reyes; no se los hubiese podido acusar del estado de la acera, adornada con cortezas de sandía y escupitajos. Mi madre aseguraba que los turcos escupían si una mujer osaba mirarlos al pasar... Yo no la creía, pero todo ha cambiado: quedan pocos turcos en la capital, algunos se marcharon a las ciudades del norte, o se volvieron a su país. Si vuelve a pasar usted otra vez por el bulevar, en pleno día, verá a muchachos muy jóvenes, nunca a una chica, ante un salón de peluquería... en fin, «salón» no es la palabra exacta... No se cortan el pelo, se afeitan la cabeza. ¿Cuestión de moda? En este caso, la moda disimula la calvicie de los hombres... Tonsura eclesiástica, decía mi padre... La mayoría de los jóvenes pierde el pelo hoy en día; y los muchachos pelados..., mucho más que los negros, como los turcos o los serbios de antaño, no miran jamás a los transeúntes o a los habitantes del barrio. Quizá no reconocen al hombre ni a la mujer de edad, ni a la adolescente que pasa frente a ellos varias veces al día... pero se encienden al ver una motocicleta de gran cilindrada. Sueñan. Quien vive desde hace tiempo en el barrio se vuelve un desconocido, un extranjero. Y si el habla de los africanos es un hervidero de sílabas en los carrillos, un toque singular afila con una nota aguda la voz del joven franco-árabe durante una discusión o cuando juega con sus amigos... Eso demuestra que en su casa hablan la lengua de sus padres. Pero ignorarán el arte de la caligrafía árabe... Discúlpeme, estoy hablando demasiado...

–Usted me enseña muchas cosas... De París, no conozco más que las perspectivas, las orillas del Sena, dos o tres hoteles, uno o dos teatros y algunas salas del Louvre.

–Yo me imagino que conozco París porque frecuento las calles, los barrios, pero la gente..., no hablo con nadie... Usted, señor, es mi presa, mi víctima. Sí, sí. Miro, observo, escucho menos lo que se dice que el tono, la manera de decirlo. Lo que recojo al pasar es un color, un tinte; ignoro por qué desearía que todo periodo de la vida de hombres y mujeres pudiera ser evocado mañana con su entonación, con su singularidad.

–Lo comprendo, pero le confieso que la historia no me atrae; sólo me gusta el presente, en fin, me gustaría amar sólo el presente.

–¡También a mí me gustaría eso! Es sólo que quisiera salvar la tonalidad, no de una época, sino de un momento, de una transición en el tiempo, un tiempo inconsciente del porvenir, un tiempo que se divierte o se aburre, y que no deja huella, apenas unos recuerdos frívolos; una manera de hablar, de prolongar las vocales, o los tics de estudiantes chic, de unos tics que corren el riesgo de propagarse un poco por todas partes; o los pantalones de los chicos jovencísimos, más largos y anchos que los de un gigante, arrugados sobre los zapatos, con la bragueta a la altura de las rodillas; y esto mientras las chicas, como sus madres, hace mucho tiempo que usan pantalones, y ahora zapatos de hombre, calzado masculino, y exhiben un cuerpo diferente...

»Curiosamente, en el bulevar, entre el mediodía y la puesta de sol, hay prostitutas chinas... Sí, chinas. Circulan por esta acera, bajo mis ventanas, y se pasean de a dos, ni lindas ni muy jóvenes, hermosamente vestidas, las únicas personas que miran a los que pasan, a los hombres, a quienes ellas prefieren de edad, viejos pequeñoburgueses con corbata, algo que sin duda las tranquiliza... Discúlpeme otra vez: hablo, hablo, hacía tanto tiempo que no hablaba... ¿Té, un zumo de fruta?

Durante todo su monólogo, Madame Detrez miraba más allá de los muebles, por encima de mi cabeza, más allá de las ventanas cuya vista sobre el bulevar, ni cautivante ni ventajosa, me parecía poco atractiva para un comprador.

Limité mi observación a un esbozo de sonrisa. Ella lo imitó, para borrarlo de nuevo.

–El que sonríe quiere expresar algo...

–Pero, a menudo, ese algo no lo determina la sonrisa. Si usted me lo permite, mi niñera le dará noticias mías; se ha puesto de acuerdo con la portera para poder mirar el patio.

–¿A ella le gusta el patio?

–Lo encuentra «hermoso en su modestia». Ella siempre tiene miedo de ser demasiado sincera.

Aliviado por el hecho de que Madame Detrez hubiera consentido, sin la menor vacilación, y hubiera comprendido mi necesidad de dejar las formalidades de la compra a mi apoderado, bajé al patio, donde el canto chillón y perentorio de un pájaro se mezclaba con un sordo piar.

¿Dónde estaba ese pájaro que lanzaba sus reclamos? Atraída por el piar, la portera salió de su vivienda y al instante, sonriendo, me señaló a una pareja de mirlos, en el borde del tejado: estaban dándole lecciones a una de sus crías, que saltaba de aquí para allá, confundido en medio de las macetas, intentando volar y cayéndose varias veces, al tiempo que la doble voz tutelar amenazaba con perforar el alma del pajarito. Pero de repente, cuando parecía ya agotado, se alzó en los remolinos del aire, proclamando su triunfo sobre la gravedad –y comprendí la belleza y la excelencia de lo que nada podría alcanzar: el arte nativo del vuelo–, minúsculo, de un vigor fulminante, con la densidad de una materia aglomerada, la misma de las estrellas que se encogen, y todo el cielo para él.

Jamás hubiera sospechado que el mundo íntimo de Madame Detrez pudiese acarrear infortunios como los que me confió meses después de nuestro primer encuentro y pocos días antes de su partida, cuando mi niñera tomaba posesión del departamento –lamentando que las camelias y los arums hubiesen dejado de florecer, reemplazados por humildes siemprevivas.

La venta del departamento de Madame Detrez ocasionaría algunas dificultades triviales y, al parecer, bastante corrientes, pero debidas en parte a mi ausencia de tres meses y algunos días; si mal no recuerdo, yo efectuaba entonces una de esas giras de las que abomino, pues mi oficio requiere, más que descanso, concentración.

Supe, a mi regreso, de otros detalles concernientes a Madame Detrez, e incluso a la vida del bulevar, más precisamente de la vasta acera izquierda, al inicio de la Place de la République.

No: o bien mi niñera no había creado el menor lazo de simpatía ni de sociabilidad con Madame Detrez, o bien, como yo estaba lejos, ella no deseaba que estuviera al corriente de su relación... Fue entonces cuando, sin reflexionar, dije «niñera», pensando en ella; mientras el apelativo se deslizaba hacia el fondo de la infancia, su nombre de pila ascendía junto con el recuerdo de mi padre: Lucienne.

Lucienne, pues, había divisado en la acera a Madame Detrez, reconocible desde lejos entre los paseantes más heteróclitos, de todos los orígenes, pero ataviados con la misma informalidad, esa fauna masculina a la que, por momentos, los negros, deslumbrantes de colores, iluminaban, tanto de día como de noche.

De una elegancia discreta –vestido marrón, silueta redondeada, ajustada–, Madame Detrez podía no atraer la mirada de las muchachas chinas, locas por los modelos europeos, porque era muy tímida y estaba acostumbrada a la indiferencia de los transeúntes.

En cambio, a ella le interesaba todo y esencialmente los rostros, las voces, los andares de los desconocidos, tan diversos.

Si he de creer los chismes de Lucienne –contados con desgana, como es habitual en ella y, para restar importancia a su indiscreción, mientras me quitaba de la corbata, de un papirotazo, un pelo de gato–, Madame Detrez parecía estupefacta y a la vez seducida ante las idas y venidas de hombres y mujeres de toda laya, muy jóvenes, muy ancianos, algunos con teléfono móvil al cuello, o disimulado por la camisa o en el escote, lo que a primera vista llevaba a pensar que estaban locos, a causa de la gesticulación de manos y brazos liberados.

Madame Detrez, que, según Lucienne, solía caminar sin distraerse de su objetivo, sin mirar siquiera de reojo, con su altiva cabeza inmóvil y su majestuosa prestancia, había sido bruscamente atraída por la curiosa actitud de un paseante: al comienzo con discreción, ella se puso a imitarlo, y, de pronto, con los movimientos desarticulados de una marioneta. ¡Pero de dónde sacaba ella, Lucienne, la imagen de la marioneta, sino del recuerdo de mi padre la tarde, o la mañana, de su partida sin retorno!

Lucienne contaba que había caminado detrás de Madame Detrez, a una veintena de pasos de distancia –ambas entre una maraña de peatones, de patines, de motocicletas estruendosas, de bicicletas silenciosas pero letales–, y que, sin pensarlo, había golpeado el suelo con ese bastón que los años le habían impuesto, felizmente en vano, dados el bullicio y el estruendo de las motos. Hubiera querido, dijo, dar media vuelta, pero temía que Madame Detrez siguiera adelante con «su teatro». Y, en el tono de su voz, sugería el anuncio de la locura.

Decididamente, mi niñera era una zorra.

Nunca imaginé que Lucienne vendría un día a instalarse en Francia –lo que es más, en París– y por sus propios medios, que, en resumen, habían sido los míos.

Antes de que resolviera vender su austera, árida propiedad, y la enorme y siniestra casa de madera, ella me enviaba, cada año, una carta por Navidad: su escritura me atraía ya en la infancia; más tarde, yo le contestaba, sospechando que alguien escribía en su lugar, pues la elegancia de su caligrafía no coincidía con su manera de caminar y, menos aún, de sentarse, con las piernas separadas. Un día percibí –¿por qué tan súbitamente, cuando habían transcurrido tantos años?–, en una carta de Navidad, un temblor; la caligrafía se encogía cada vez más y su rostro se cubría de arrugas.

No volvimos a vernos hasta el pasado diciembre, después de más de veintiséis años de separación, en París, donde recalo cada dos o tres años. Su rostro, la piel de su rostro, me recordó sus últimas cartas. Tan sólo sus ojos hundidos centelleaban, bordeados de espesas pestañas, igual que cuando, de niño y a su merced, yo veía una araña en el fondo de cada una de sus órbitas.

–Mi padre, Maxime Frédéric Detrez... Lo veo sobre todo en los últimos, los postreros años... Aparecía a las diez en punto en la terraza, siempre un poquito inquieto, más bien ansioso, y acechando, ya en vano, la llegada del automóvil, el ojo veloz de un pájaro fascinado por una comadreja o una serpiente; permanecía erguido en su clásico traje gris a rayas, saco cruzado, alfiler de corbata y gemelos de oro, y zapatos relucientes. No hacía lo que creía estar haciendo, convencido de que aún gozaba de sus facultades, y, de una recaída a otra, todo iba a peor. Nada parecía más grave ni más urgente que estar siempre listo para partir, y se pasaba el día entero atento al menor movimiento, con una regularidad de autómata; su cara, ausente, impasible. Una vez vi su silueta recortada sobre una ventana del saloncito climatizado: soplaba su aliento sobre el cristal, intentando escribir el nombre de María, mi hija. Pero cuando llegaba a la última letra, la primera ya se había borrado y él quedaba desconcertado, confundido. Cada mañana yo observaba su imposible partida y me ocultaba un poco si él volvía la cabeza, o si, de repente, furioso, se quedaba en suspenso, el cerebro detenido, olvidado de sí mismo, como el niño perdido que no sabe el camino de vuelta a casa. Mi padre... Ni gloria ni placer; todo pasó como si hubiera caído en una confusión de la que jamás saldría. La vida no le proporcionó un camino, sino el incierto mundo de una tierra sin límites que anunciaba prodigios bajo la bóveda de un cielo sin piedad, sin horizonte... salvo la acuarela azulada de pequeñas montañas, en un rincón del cielo. En la vastedad, lo que alarma, lo que asusta, es la sensación de la espera. Sí, la espera: uno se dice que algo va a surgir, pero nada llega, salvo la noche. Entonces... las estrellas, la luna..., estamos en otro mundo y no hace falta distraerse, porque entonces no hay nada sino la desesperación. Yo hablo y hablo... Discúlpeme, una vez más... Mi padre decía siempre que no se piensa sino hablando.

–...

–En el último año de su vida, yo había pasado más de tres meses en nuestra ciudad de Delta, en la universidad. Durante más de treinta años he dictado cursos de literatura y, ¿lo creería usted?, de ¡química! Yo seguía creyéndolo, ¿cómo le diría?, lúcido, responsable, pero no sé qué confusión se instaló en él sin que perdiera su porte, su magnífico porte, se iba y, hacia el final, no regresaba del fondo oscuro de toda memoria, salvo el último día... No creo que durante más de cuatro años lo fingiera, se enmascarara. Lo que ya no estaba en él y lo que todavía estaba: su prestancia, su hermosura; lo que ya no estaba más en él y lo que siempre había estado... Me acuerdo hasta de sus olvidos. Cuando el miedo toma conciencia de sí mismo y se vuelve angustia, eso puede ser la desesperación definitiva y el quedarse uno para siempre demorado, ausente. Ahora bien, yo velaba por él, lo vigilaba cada vez más... y lo amaba cada vez menos...

–...

–... porque día tras día se alejaba del que había sido, sin que su físico sufriera por ello, pero ya no hubo más gestos, ni siquiera sentimientos en sus ojos. Él se alejaba, manteniendo su dignidad y vistiéndose solo, como antaño, en apariencia el mismo de siempre... Es verdad que sus amigos no tardaron en advertirlo, sobre todo aquellos a los que él había arrastrado a la aventura de un yacimiento de petróleo, antes floreciente y poco a poco totalmente desecado. ¿Qué le había pasado? Ya no estaba en parte alguna del mundo para nadie, ni siquiera para mí; se llevaba muy lejos su tristeza, en las últimas retaguardias de una desesperación convertida en impersonal. Pronto sus amigos se alejaron de él..., comprendieron, antes que yo... Él ya no conocía a nadie, ni a sí mismo, me parecía, a veces, cuando se ponía delante del espejo. Y pasaban los años, los meses... Después del almuerzo o de la cena, y se le servían exactamente los mismos platos, las mismas frutas, tanto al mediodía como por la noche, se instalaba ante su escritorio, lo que me tranquilizaba, me permitía vivir un poco... Y un día... En fin, un día, ya no sé si distraída o nerviosa, llamé a su puerta, al tiempo que la abría. A las tres de la tarde yo debía despertarlo todos los días; hacía su siesta, así decía. Tenía el aspecto de una estatua yacente de alabastro. Ese día, el último, estaba sentado a su escritorio, escribía... Vi por última vez su figura espléndida pero sin vida, clavada en un instante eterno, sin pensamiento... Fue un relámpago... Volví la mirada, sin saber qué decir, qué hacer, todo en menos de un segundo, y fingí haber olvidado algo... Él estaba, en fin, vivo, yo lo había reencontrado, en apariencia lúcido, pero para suprimirse. Di un portazo. Yo no iba a ninguna parte, en puntas de pie, y en medio del corredor un rayo me paralizó. No sé cuánto tiempo tardé sólo en volverme. Sobre el escritorio, su cabeza... y sangre, la sangre derramándose, un baño que inundó de tal modo el papel de carta que no supimos si había dejado un adiós, una palabra: tan sólo un trocito de su nombre y su domicilio. ¿Mi padre era mi padre? No me parezco a él, tampoco a mi madre; y a juzgar por las fotografías de los padres de ellos, todos se alejan de mí, y viceversa. Mi padre decía que la dignidad de la vida está en despreciar la muerte. Es todo lo que me ha dado. Esa frase, y dos o tres más. Yo lloraba, pero estaba pensando en mí. Por fin podía decir que me pertenecía a mí misma.

–...

–Sí, tuve una hija, y mi hija no conoció a su padre. Yo misma, podría decir... ¿Lo creerá usted? Nos encontramos una noche, él y yo, y por la mañana lo había perdido. Una noche en Delta, en el baile, el gran baile de los veraneantes, en una de las residencias...

Mi padre, tan apuesto, tan pulcro, y mi madre, soberana y tan frágil... Yo había terminado mis estudios, tenía diecinueve años y por primera vez llevaba un vestido de baile, de muselina roja..., ¡un vestido de mujer, por fin! Soñaba con partir al fin del mundo..., en verdad, hacia las ciudades... para eludir todo lo que se me había impuesto: mi padre imaginaba que yo compartiría su fabuloso descubrimiento en nuestros desiertos de grava. Esa noche, mientras me vestían, sentía una emoción desconocida, como una fiebre dulce y, sin embargo, ardiente, como la música que nace en el cuerpo y lo atraviesa. El amor no tiene mucho que ver con el ser amado, ¿no le parece? Las luces laterales, a lo largo de toda la avenida de acacias, parecían precedernos, conducirnos hacia la casa, como a un palacio. Recuerdo que, de repente, la iluminación del salón me cegó. Yo no oía ni el bullicio de los invitados ni la música; no captaba las palabras, y después, durante el baile, percibí solamente el ritmo. Tenía la impresión de sentir las presencias, más que verlas, siempre buscando interceptar las voces, no las palabras, la voz desnuda: se puede retratar a una persona escuchando su voz.

–...

–Sí, la voz puede modificar en un instante la idea que uno se ha hecho de cualquiera... Mi padre afirmaba que somos un todo. Y, fingiéndose perplejo, preguntaba a los testigos cuál podría ser la voz de Jesús, la de Shakespeare y, sobre todo, la de Johann Sebastian... Usted me mira, pero su mirada traspasa mi

rostro, se va lejos, y su media sonrisa se ha paralizado... No, no se mueva. No me diga nada de usted. Usted es mi confesor involuntario.

–Ha dicho algo que en verdad no acabo de comprender... ¿Que el amor y el ser amado no tienen una
afinidad natural?

–Sí... Hemos puesto muy alto al amor, tan alto
que va hacia otros corazones que, a su vez, se inflaman.
¡Y si vuelve, hemos olvidado las delicias de antaño!
Era, ante todo, una necesidad natural que nos atrapa,
nos abandona y nos engaña... El amor no lleva cuenta
del tiempo, no tiene edad, se mueve, va de acá para
allá, cumple su labor de mariposa; y nos deslizamos
del delirio a la morosidad: el amor ha vuelto a alzar el
vuelo..., los rostros, las voces permanecen incomprensibles..., la pasión se muda en indiferencia y la memoria se torna irreal: habíamos confundido el amor con
el deseo, habíamos amado el deseo...

–¿Prefiere la soledad? Imagino una vida compartida, donde cada uno persigue en silencio sus sueños...

–¿La soledad? Entonces el demonio del amor vuelve. Y lo sentimos acercarse con una especie de frene-
sí inconsciente... El amor impersonal, el único amor
siempre intacto... La ausencia de angustia que el
amor acarrea... Para que el amor tenga un sentido, es
necesario que se rebaje hasta la humillación, hasta la
nada, y que haga arder su nada... Algunas veces, en
otro tiempo, me invadía un ardor, un impulso, y el
deseo de fundirme, de fundir mi persona en un cuerpo, un deseo tan violento que no sabía cómo volver

en mí, tenía la impresión de rozar el límite de toda vida. Era una locura, y tan poderosa que hasta mi espíritu se enlazaba con ese otro cuerpo, sin desear liberarse. A veces compruebo que los sentimientos, el fervor, las ilusiones se evaporan, abandonan mi memoria, y me encuentro soñando muchas cosas esperadas y jamás obtenidas. Y, de repente, es de noche. Tengo la sensación de estar fuera de mí, en un mundo que no sabría traducir... En verdad, cuanto menos comprendo, más creo. La noche, las estrellas... Me parece que hay una música, el oído no la oye, está sumergida en el fondo del corazón... ¿El alma? Sí, el alma y la sangre cantan. Son fenómenos sutiles. Es imposible no ya comprender el flujo de la emoción, sino elucidarlo, aferrarlo, atraparlo al vuelo para, en suma, rebajarlo a la modestia de las palabras, reducirlo. Son secretos que se despiertan en nosotros, ¿no es verdad?, en los recovecos del cuerpo, y el durmiente oye, entre la vigilia y el sueño, el sonido de un paso más allá de su propia vida. Podríamos decir que se oye lo que no se oye, que se siente lo que no se siente. Según mi padre, yo conocía la música del hombre pero no la de la tierra; y si un día llegara a escuchar la música de la tierra, ¡me sería necesario por lo menos presentir la música del cielo! Y también que, cuando la tierra respira, la brisa murmura una armonía mayor...

–Ah... ¿La música del cielo sería una música compuesta, combinada de mil maneras, cada una de las cuales no emana sino de sí misma?

–Me avergüenzo: usted debió interrumpirme de inmediato...

–Pero ¿qué desencadena esta música... de un espacio sin término?

–¿Usted quiere decir una música... «mística»?

–...

–Sí, usted sonríe, quería decir esa palabra... No, no busco caminos después de la muerte, pero es verdad que se corre el riesgo de extraviarse en un desierto de aventuras místicas. No se ruega a las estrellas, que no revelan nada, que no infunden un credo en nuestro espíritu, pero lo deslumbran... Es el amor último, el amor sin esperanza... Es verdad, me asombraba, antaño, al leer las historias de santos, que fascinaban a mi padre... La relación amorosa de los santos con Cristo es más natural que la de los hombres: la Iglesia desconfía de la carne que esos santos integran a su fe, sus cuerpos formando un bloque con el del Dios encarnado, el Hijo... El delirio de esas locas de Dios, que llega al teatro de los suplicios... Teresa de Ávila, que, de regreso a la tierra después de un éxtasis durante el cual Jesús la ha colmado de su presencia, se queja de no haber podido discernir el color de sus ojos..., en tanto que él la había consolado con palabras que evocan el Cantar de los Cantares. Lo recuerdo: «Desde ahora, conoces los lazos nupciales que existen entre tú y yo...». Se diría que eso lo intriga...

–...

–Sí, como todas las otras santas, Teresa confundía, con naturalidad, el cuerpo y el espíritu, el amor de

Dios y su sensualidad; y ello con mucha lógica, puesto que, al fin y al cabo, ¿qué valor tendría la promesa de Cristo, la Resurrección, si no se diera también la resurrección del cuerpo humano? Todo lo que creemos haber experimentado queda falseado por la repetición de los recuerdos, que envejecen día a día.

–...

–¡Tiene usted un aire pensativo! Lo que digo me modifica, y entonces me parezco a otra, sin que me dé cuenta... Un sistema de ecos, de redundancias... Pero una nadería, ¿qué sé yo?, un espermatozoide, algo insignificante, acarrea la efigie física y sentimental, la esencia misma de su autor, lo absoluto que nunca cambiará en nosotros. Aquí, hago el vacío, borro, suprimo el tiempo... Extinguido el tumulto del mundo, y el desasirse de uno mismo; amamos las estrellas por ellas mismas y no habremos fracasado en nuestra vida sino por fuera. Es absurdo creer que uno ha fracasado en su vida; que hubiésemos podido elegir la ruta, elegirla y, de inmediato, hacerla bifurcar, a nuestro gusto... No, no creo en el error, y tampoco en el mérito. No creo en el libre albedrío. La gentes que sin cesar se preguntan si deben tomar a la izquierda o a la derecha, ni siquiera sospechan que, de todas maneras, no son ellas las que decidirán. Una vez más, discúlpeme, la idea del destino es mi manía, mi obsesión: no creo que el hombre la haya concebido. Dudo en hablar de María. Todavía me sorprendo de haberla visto salir de mi vientre. Cuando ella era pequeña, la abrazaba como si hubiese podido encerrarla en mi cuerpo. Y, ¿podrá usted creerlo?, la niñita volvía la cabeza. María nunca me miró a los ojos, ni de pequeña ni cuando se convirtió en una niña tan bonita. ¿Piensa usted que los niñitos lo saben todo y que, a medida que los días llenan su cerebro de realidad, su saber se extingue? Sobre todo cuando estalla la primera palabra y sus conocimientos se borran con gritos, llantos, restringido aún el campo de sus movimientos, prisionero... Ella tenía un año y empezaba a caminar, las piernas abiertas, las manos todavía blandas. Si se caía de bruces, no lloraba si sabía que yo estaba detrás de ella, aunque fuese lejos. Muy pronto desarrolló la capacidad de comunicar sus cambios de sentimientos sin una palabra, apenas con un gesto. Jamás podía adivinarse lo que quería; inaccesible, a los cinco, seis años se comportaba como una adulta. Es verdad, nadie puede saber lo que siente en su corazón aquel que se estrecha contra el nuestro, así como no se advierte el momento preciso, el instante en que uno se duerme. Y el recuerdo es siempre más poderoso de lo que fue el presente. Sería bueno fustigar furiosamente los recuerdos, aplastar las melancolías, abolir los remordimientos y el pasado... En la única fotografía que tengo de María, cuando ya era una mujer, se ríe, y me parece oír esa risa que nunca oí. Un cuarto de segundo y ella está ahí, viva. No le habría gustado saber que tengo esta imagen de ella, cuando ni siquiera conocía su sonrisa, o apenas, de lejos. Su voz, cuando mi padre le enseñaba las letras del alfabeto francés, la primera vez que la oí, entre dos puertas, su voz sorprendente no se correspondía con su aspecto: un timbre flexible, pero cálido, adecuado para el canto. Cuando, al regresar de Delta, yo le mostraba la ropa que había comprado para ella y que, a veces, provenía de París, María hacía apenas un gesto de reconocimiento. Decía «gracias» de los labios para afuera, sin alzar la vista, y esas hermosas faldas tableadas las plegaba en dos, en cuatro, reduciéndolas a una especie de pañuelo. Tales eran su desprecio y su firme intención de obedecer a su madre sin discutir jamás, aceptando los regalos, sin exigir nada. A menudo se sentaba en el umbral de la galería de los criados y, con los codos en las rodillas, las manos paralelas bajo los pómulos, María miraba, más allá de todo, el horizonte, dibujado pero mentiroso, falso, sin límites. Siempre el cielo imperturbable, a veces una nube chata, inmóvil, y un poco de tierra gris como una exaltación del aire. Su voluntad de estar sola jamás la abandonaría. Delta... El día en que María... Debía de tener menos de seis años... Yo la había dejado en el colegio, ese año había muchos niños. María se había escapado sin que los maestros lo advirtiesen. La encontraron en el último de los desembarcaderos, sentada en el borde. La violencia de los tres ríos, la calma majestuosa del mayor de ellos, y los otros dos, por así decir costeros, cayendo entre las rocas fantásticas, como en un filme de *cowboys* e indios durante la conquista del Lejano Oeste, que María había visto, naturalmente, con mi padre..., y los aluviones acarreados por el encuentro de esos tres ríos, subdividiéndose en más de trescientos cursos de agua, canales, arroyos llevando raíces y aglomerados flotantes, a veces incluso pequeños árboles... Los que encontraron a María me dijeron que estaba feliz pero, como siempre, silenciosa, mientras que en casa ella miraba la tierra, la tierra hasta la línea en que la tierra se confunde con el cielo, y eso la entristecía... A María le fascinaban las aguas que se iban... Había pasado de un extremo a otro del delta, donde los fuegos se mezclan y borran la extensión del cielo. De pequeña, ella no había advertido el color café con leche del río de tres brazos en que termina el delta... Ella esperaba el mar, decía mi padre, donde el sol nace del agua. Con él María aprendió o creyó haber comprendido la historia del delta... Dos o tres años después, en una redacción escolar que una de las maestras quiso leerme, María observaba que antaño, y durante más de dos siglos, las casas no se amontonaban... La palabra «amontonar» no me pareció propia de su lenguaje. Las casas eran escasas y, sin embargo, hacia finales del siglo XVIII..., lo estoy aburriendo... ¿No? Es usted amable... Hacia finales del siglo XVIII, los jesuitas, que iban y venían, deteniéndose por doquier, habían edificado una capilla que varias veces fue destruida por las inundaciones. Quedan escombros y un campanario, y en el campanario dos pequeñas campanas que apenas tañían, un poco más en los días de mucho viento. Cuando mi padre llegó a Delta con la esperanza de hallar una ciudad ya en plena actividad, se encontró con una aldea de edificios dispersos e incongruentes y, aquí y allá, modestas embarcaciones que transportaban árboles, o arbustos, álamos, eucaliptus, laurel rosa, ¡qué sé yo!, incluso tejos del Irán... Después, muchos años después, hicieron venir canoas de Inglaterra y, poco a poco, aparecieron barcos de paseo, barcos de vela y, unos tras otros, muy pronto, los veraneantes... Se construyeron casas de veraneo, después grandes casas de todo tipo. Hubo una escuela y, con el paso de los años, otras más. Mucho después, una modesta pero buena universidad... creada por mi padre y sobre todo por sus amigos, que se habían enriquecido muchísimo; y en una de esas tardes que siguieron, llegó el buen whisky, ¡por fin! Perdóneme... Siempre me cuesta abordar la muerte de María: durante mucho tiempo la negué..., pero usted me prestará atención, ¿no es cierto? Yo esperaba que el lazo entre María y mi padre se prolongara en un libro... Lo pensé... Pero todo se disuelve lentamente en mi memoria... Ya no estaré...

No he podido memorizar la última confesión de Madame Detrez –cuya peculiar entonación no puedo olvidar–, pese a que creo haber retenido con precisión las anteriores, casi como retengo una partitura leída una sola vez.

No sé si fue ella quien se detuvo, súbitamente conmovida, o yo que de golpe descubrí los falaces secretos de Lucienne, el placer que esta última extraía de la mentira prolongada, puramente gratuita, que debía novelar algún error grave, alguna atrocidad, hasta la crueldad de una conocida suya, exagerándola y modificándola a medida que la realidad aportaba otros detalles excitantes.

Incluso recuerdo que en mi infancia, por una nimiedad, Lucienne clavaba en mí su mirada: el terciopelo negro del iris, con la aguja de la pupila iluminada como una chispa en el fondo de su cerebro.

También me acuerdo de las palabras que repetía Madame Detrez a propósito de María: «Cuando me enteré de su muerte, me sentí fuera de mí misma, fuera "de mí". Fue en esas montañas de las que le dije que parecían un relieve alargado, minúsculas y semejantes a acuarelas azuladas y lilas, al caer la tarde, transparentes en un rincón del cielo. Estaban tan lejos de la fábrica de mi padre, y todavía más de nuestra casa solitaria, aisladas por inmensas extensiones pedregosas pero llanas, más bien imaginadas, que visibles para nosotros...».

Una mujer que no conocía a Madame Detrez había ido a buscarla a Delta –esa ciudad nacida del agua que mi padre, muchas veces, en vano me había prometido llevarme a visitar.

La mujer en cuestión, cuyo nombre no me había mencionado Madame Detrez, no podía ser, en esa región perdida, sino Lucienne, la reina del chismorreo.

¿Había oído ella el rumor, o la historia, de la muerte solitaria de una muchacha, que nadie, en los alrededores de ese grupo de montañas desiertas, ignoraba?

Lucienne había seguido el consejo de la lejana e imprevisible amiga que le hablaba de *sierras* y sostenía que las sierras se tienden en tanto que las montañas se alzan, matronas corpulentas, sobre un suelo decididamente redondeado.

En la sierra, donde un amigo había arreglado convenientemente para María un cuchitril abandonado, Madame Detrez no vio al entrar sino el mísero e insignificante lecho de María, su lecho postrero.

Aparentemente sin repulsión, pero en verdad asqueada, Madame Detrez se sentó al borde del pequeño catre de tela hecha jirones, desgarrados y mugrientos, sobre el cual había, atravesado, una especie de colchón agujereado.

Con la cabeza inclinada hacia delante, Madame Detrez parecía inspeccionar el sitio que había ocupado el cuerpo de María. Por un instante creyó ver dibujarse, bajo sus ojos, el cuerpo, y unos retazos de tela. Por largo tiempo tocó, con una mano tímida y desganada, el lecho manchado por la carne corrompida.

Miraba, sin duda, la imagen que se había impreso para siempre en ella cuando mi nodriza le describió el estado de María, según le relató el amigo, cuando éste regresó seis meses después, en pleno verano.

María le había prometido a ese amigo que no descuidaría su salud, y había querido tranquilizarlo recordándole que, en otro lugar, ella ya se había dedicado a la horticultura; y que también sabía por dónde pasaba en la región la napa de agua subterránea. Él reía, al partir.

Enmarcada por la puerta, hecha de tablas groseramente aserradas, de placas rotas colocadas aquí y allá, la sierra desierta y el crepitar de las cigarras y los picos escarpados, áridos...

Madame Detrez no miraba el interior del tugurio, sino afuera. Esbozó un gesto inconcluso y, tan sólo con un lado de la boca, una muy vaga sonrisa al contemplar los dos arbolitos raquíticos que, sin duda, María había plantado. Después observó, más allá de la sierra, el cielo descolorido.

De pronto, como si despertara, se apoderó de ella un sentimiento de desolación: ni siquiera la mano se movía sobre la mugre sagrada del lecho. ¿Intentó Lucienne, que la acompañaba, decirle algo? Ella nada oía.

Entonces, la terrible nodriza, sin moverse, sin volver la cabeza, emprendió, de reojo, un inventario, una inspección detallada de aquella leonera: cajas de cartón rotas; trapos sucios; pilas de latas de conservas; un plato de postre con una rajadura que reproducía las grietas del cuchitril; tres camiseros; dos shorts; un vestido de lentejuelas oxidadas, de los años veinte; y, pese al polvo, flamante, una pequeña cacerola metálica, intacta.

Madame Detrez lanzó un suspiro, alzándose, y de golpe Lucienne se disparó como un timbre de alarma.

Las primeras palabras de Madame Detrez fueron pronunciadas en una especie de somnolencia, como si ya no supiera dónde estaba. La que se había sentado largo tiempo al borde del lecho no era la misma que se puso de pie.

Era necesario iniciar el descenso hacia el valle, sin esperar más: a esa hora, la luz sobre la sierra parecía anunciar los peligros del declive.

La funesta visita a la casucha de María había concluido.

–Sí, en la miseria de ese catre, mis manos habían acariciado a María, por fin... Tengo la impresión de que la mirada de usted me atraviesa y atraviesa la ventana y se va, lejos. Entonces esa permanente media sonrisa suya se paraliza. Es un olvido el que resurge... Uno se despierta y mira el pasado sin comprenderlo. Lo que fue único ya no es más que una vana curiosidad. Incluso el rostro de las personas que nos amaron, en tanto que nosotros no las hemos amado, nos persigue cuando mueren. No se sabe hasta qué punto los muertos nos atan a los que no hemos amado.

–...

–¿Decía usted? ¿La vida es realmente la vida y la muerte no es nada más que la muerte? Entre la una y la otra, todo es destino, nada depende del mundo exterior ni de nosotros mismos... Nuestra vida no es una propiedad, ¿no es cierto? Mi padre, al final, canturreaba: «... el país de la nada, la nada infinita», pensando en su desierto, cuando lo había perdido todo... Saber aquello contra lo cual no se puede hacer nada, y aceptarlo, he ahí la virtud de mi padre... También, uno cumple su deber y se olvida de su propia existencia... ¿Amar o soportar la vida y temer la muerte? No se ría: la sensación de que las estrellas quieren explicar algo, el concierto de las estrellas que palidecen por la mañana y las aclamaciones del sol... En las grandes ciudades no hay estrellas, pero incluso en las ciudades, aunque no nos demos cuenta, las estrellas se balancean a miles de millones de años atrás, a miles de millones de siglos. No habremos comprendido jamás lo que ellas urden con su centelleo y su hormiguear en un rincón del cielo... Muchas veces, de noche, me sorprendo discutiendo con el Dios de mi madre, la oscura potencia de su religión... El Dios de mi infancia, que no se dejaba ver y que perdura en mí como un cuento. Yo ya no los quiero, ni al Dios de mi madre, ni a mi madre, ni a mi padre, ni a mi hija... El corazón no tiene herencia.

–...

–Parece usted verdaderamente atento... Demasiado. Sabía que usted escucharía mis quejas, o, más bien, mi confesión.

–...

–Lo que impresiona sobre todo en esa tierra en la que nací, y en la que pasé casi toda mi vida, es la sensación de espera: uno se dice que algo va a pasar, pero nunca pasa. Jamás. Uno se dice cien veces, mil veces, que algo va a llegar, pero la chatura invariable de la tierra tiene por equivalente a todo el cielo, y no pasa nada. Usted, en cambio, en su cuerpo, que estaba formándose, en su sangre, en sus nervios, y en todas las emociones cadenciosas, usted se hallaba bajo la gracia y la norma del ritmo, que venía de lejos y se detuvo en usted... Y reservas de potencias se aglutinaban mientras su vida iba formándose... Sí, sí... Quizá millones de años antes, la arena de un reloj se vertía mientras la ma-

teria de los huesos y de la carne lo creaban a usted...
¿No hay una música modesta en un reloj de arena?
Ciertamente no eran «las aguas empurpuradas por los
rayos de la aurora», sino símbolos de la música. Aunque... como en la tierra de allá lejos, la fusión de la
noche y el día, el canto que ignora el tiempo y la melodía, y procura una... ¿cómo decirlo?... una ordenación
de intervalos en el espacio, o en la distancia.

–¿Una música coagulada, inmóvil?

–Discordante. Un poco como imagino los poemas
chinos... ¿Podemos nosotros captar la poesía de versos
compuestos de ideogramas?, esos caracteres yuxta-
puestos, aislados, que dicen: luna, trueno, rayos, calma, crepúsculo... Alguien dijo que los poemas chinos,
al ser recitados, hablan a los ojos..., porque los poemas
no se entregan, por así decirlo, acabados del todo, sino
que luna, trueno, rayos, calma y crepúsculo se cons-
truyen en el espíritu del lector. ¿Lo cree usted?

–¿...?

–Mi padre... ¿Acaso él había aprendido cosas curiosas o fascinantes en esos libros que tenía la manía de
esconder y que a mí, a determinada edad, me atraían
porque los creía prohibidos? Él lo ignoraba todo de
la música, pero no, lo recuerdo, de la música de la
tierra y del aire... Yo era todavía pequeña... Era al caer
la tarde: «La tierra respira». A partir de esas palabras,
yo acechaba la brisa, la dulce brisa. A veces no enten-
día gran cosa, pero a menudo se levantaba una brisa
a ras del suelo, suave, repentina, ligera, produciendo
una especie de armonía, una armonía menor, digamos.

Y poco a poco el aire se arremolinaba, el viento se alzaba, gimiendo, y bien pronto un torbellino acarreaba primero un fino velo de arena, después se desplegaba la borrasca, espesa, ensuciando la inmensidad azul del paisaje. Sin embargo, cuando la tormenta remitía, y las ráfagas también, la luz limpiaba el cielo y se experimentaba una armonía, rústica, es cierto, pero mayor, mientras el polvo regresaba a la tierra firme, muy dulcemente y como si lo hubiesen reprendido. La tierra espira, suspira y quizá toca un inconcebible instrumento...

–...

–¿Decía usted? ¿Que los dioses han partido y su instrumento se ha roto? La música, discúlpeme..., esta música incluso se ha anticipado a la palabra, al igual que la revelación del día anuncia lentamente la llegada del sol... La música..., la suya, la nuestra, ha debido de desarrollarse al ritmo de miles y miles de siglos... ¿Sabía usted que los ángeles nacieron dos días antes que nosotros? Jehová creó las hierbas y los árboles antes de crear el sol, la luna y las estrellas. Se ríe usted, veo que esto le fascina... Los árboles. El árbol solitario de mi infancia, hace mucho que se secó. Pero, seco, está siempre allí, y yo observaré, hacia el mediodía, su sombra raquítica sobre la pared y en el suelo, abrazado por el sol; después, más tarde, las ramas del mediodía dibujarán brazos descarnados, pero muy largos, y, más tarde aún, la sombra se los llevará con ella al caer la noche.

–...

–Sí, estaré en el país al que me atrajeron los sueños juveniles, cuando soñaba con partir hacia el fin del mundo... Alcanzaré en silencio, espero, lo que poco a poco habré cesado de esperar: la noche y el tiempo desprendiéndose de todo... El cielo es infinito, pero el Paraíso está cerrado con cerrojo.

Madame Detrez alzó la vista como quien despierta de un sueño; y dejó escapar un suspiro, que sofocó al ponerse de pie, para borrar lo que había de excesivo. Le faltaba, sin duda, un pensamiento fundamental, que tenía en la punta de la lengua; pero se alzó de golpe, enérgica, dudando si añadir una lámpara de escritorio, inútil.

–Es terriblemente difícil no perderse a sí mismo, y también renunciar a la vida cuando se ha experimentado el placer. Pero la vida... es lo que vemos en los ojos de los demás, eso es todo.

Madame Detrez había permanecido de pie y se hubiera dicho que la sangre volvía a afluir a su corazón.

Pensé que no teníamos nada más que decirnos, ella y yo, sobre todo yo; que no había nada más que escuchar; y que, probablemente, no volveríamos a vernos nunca más. Yo jamás iría a Delta.

Ella aún añadió:

–Los hombres siempre sonríen cuando no entienden nada... Pero ¿quién entiende, y qué? Y después parecen secretamente compadecer a las mujeres, como si ellos poseyeran un saber esencial... No se ría: únicamente la luz conoce de verdad la noche. Creo haber domesticado mi vida. ¿Sonríe usted siempre?

A pesar de haberse despedido en tono terminante, ¿no volvería a encontrarme a Madame Detrez aquí o allá, un día u otro, en el ballet de los aviones que me arrastran alrededor del globo? No obstante los numerosos viajes, yo habré retenido sobre todo un museo, los artesonados de un palacio de Estambul, una silenciosa avenida bordeada de árboles que parecen alejarse de la ciudad...

No es que desee rememorar la doble historia de la hija y del padre, y su voluntad de vivir en lo sucesivo en el presente sin el dolor de los recuerdos ni la esperanza de un futuro. Ella decía que la vida tiende a prolongarse, pero que a veces sueña con aniquilarse.

Madame Detrez amalgamaba sus confesiones con detalles insignificantes, artificios para ganar tiempo y para perfeccionar esas terribles imágenes del pasado que ella, sin duda, había modificado, como cuando se relata un sueño –pese a que los sueños no pertenecen al saber de la palabra, pues ésta pertenece a la realidad, siempre reiterativa, discordante, inacabada. Y vivimos en el sueño de otra cosa distinta de lo que creemos saber.

Siete meses habían transcurrido cuando, no sin cierto desagrado, al regreso de un largo circuito sin tregua, de Rusia a Alemania, de Praga a Budapest, que terminó en Suiza, me detuve en París para ver a Lucienne, menos por curiosidad que por obligación: según mi padre, mi madre había querido mucho a Lucienne.

¿Estaba contenta Lucienne con el departamento comprado a Madame Detrez? Pero ¿era realmente Lucienne la mujer que llevó a Madame Detrez a las montañas azules donde su hija había muerto? Tal vez se conocían y mi nodriza le había rogado a Madame Detrez que no me contara nada, a fin de que ella pudiese desplegar sus historias, sus mentiras, perfeccionándolas hasta llegar a creérselas ella misma... en la tierra paralela a la de Madame Detrez, inmensa como un mar desecado y dividida por una larga y estrecha cordillera, sin ningún centro y sin más límites que el peso del sol y la oscuridad ambarina del firmamento.

Yo seguía viendo a Lucienne, aunque no amo el pasado, porque no conocí a mi madre y perdí a mi padre. Como yo no tomaba la iniciativa de decir algo, ella hubiera podido deducir que yo esperaba que, por fin, ella se decidiera a confesarme las verdaderas razones de la muerte de mi madre, acaecida en la extravagante y caprichosa casa de verano de mi infancia.

Lucienne se había puesto un vestido negro salpicado de lentejuelas un poco deslustradas, con los hombros fruncidos y muy altos, que la empequeñecían aún más. Antaño robusta, hoy delgada, de entrada daba una impresión de grandeza, impresión que desmentía la postura de sus piernas separadas.

Sus ojos hundidos, que siempre me atemorizaron –sobre todo su ojo izquierdo, cuyo párpado se bajaba a veces con lentitud, como el de las palomas–, bordeados por espesas pestañas de abeja, suscitaban cierta inquietud. Pero su voz cascada y átona ya no armonizaba con sus sarcasmos, con su malignidad. Por lo demás, ahora que ella intentaba alcanzar un refinamiento de verdadera dama, recuerdo que, durante nuestro último encuentro, cuando no encontraba los objetos que quería mostrarme –una fotografía de mi madre, una curiosa carta de mi padre, una piedra hueca y tapizada de cristales–, ella iba a buscarlos a su dormitorio, separado del salón por un estrecho corredor, y maquinalmente, cada vez que iba y volvía, encendía y apagaba las luces.

El salón de Lucienne poseía una elegancia singular, pero ella no parecía la dueña de casa en medio de las elegantes y variadas sillas, de los tres sillones con respaldo real ya roto, del velador, de mi taburete y de la poltrona de terciopelo en la que mi padre leía partituras y a menudo se adormecía.

De niño, ella no me quería y yo tampoco la quería; durante mi adolescencia, yo fingía un afecto discreto, con la esperanza de que alguna vez ella me hablaría, si no de la vida de mi madre, por lo menos de su carácter, de sus modales y, sobre todo, del sonido de su voz.

Esbozando una sonrisa, mirándome por el rabillo de ojo y, al mismo tiempo, como si fuera una señal, el párpado durmiente, Lucienne me dijo que una enfermedad se había incubado en ella sin que mi madre lo advirtiera.

Recuerdo ahora, ¿por qué?, a Lucienne trayendo una bandeja de plata maciza, con dos copas de *champagne* y unos vasitos... Éstos me remitieron a mis veranos de otros tiempos, cuando mi padre, en la cena, después de que le hubieran servido la fruta, tomaba una pequeña copa de licor de huevo, ese licor que a los cuatro años, quizás a los tres, saboreaba ya a escondidas en el armario de la antecocina, donde yo me encerraba a oscuras.

En realidad, dado que para mí ella sólo era la cocinera, Lucienne no ignoraba mi costumbre de curiosear en la antecocina –llena de potes de cerámica o de porcelana, de botellas de un verde irisado y oscuro– y el placer que yo sentía al beber el licor amarillo, suave como un beso.

Dónde había estado yo, mientras ahora Lucienne depositaba la bandeja sobre la cómoda, llenaba los vasitos de cristal «de Bohemia», precisaba a ella, abría el cajón de aquella mesa que Madame Detrez había dejado semiabierto y que, al pasar rumbo a la cocina, después del dormitorio y el baño, había cerrado mostrando aparente indiferencia hacia el objeto que yo vi antaño y que volvía a ver en la mano de Lucienne: una curiosa pistola manchada, de color pálido y aspecto anticuado.

Maliciosa, como en el pasado, Lucienne prodigaba tesoros de perfidia, pero en vano. ¿Le gustaría matar, verdaderamente? Su malignidad constante a lo largo de los años... Ella era como la araña nocturna, que controla, alrededor del insecto condenado, el enroscarse del hilo infinito que va secretando para tender su tela y atrapar a sus presas.

Tras detenerse a unos dos metros, Lucienne retrocedió dos pasos y alzó el revólver, pero al principio sin impulso, como hipnotizada, y, pese a todo, aquello duró un instante: inmóvil, clavada al suelo, de repente me escudriñó antes de atacar, los ojos alucinados, el brazo extendido... y yo salté sin pensarlo, alzando la mano y el arma, que se deslizaba entre sus dedos y los míos, y nos aferramos el uno al otro, los brazos extendidos en el aire –las manos de Lucienne eran como las de quienes trabajan la tierra, una mano le bastaba para cubrirse toda la cara.

Ella se apartó, muerta de risa, como las cantantes de antaño, que lanzaban la nota *do* y su aliento se enroscaba de inmediato hasta el fondo de la garganta. Su risa no era accidental: no había surgido de forma espontánea y su esfuerzo moría en la insatisfacción y en el vacío.

Ella acarició la seda de su vestido, sus senos, su cintura, un poco su vientre y, de pronto, sus hombros rígidos, aplastados por la distorsión de nuestros brazos, los suyos y los míos.

Nos sentamos. Ella, como tiempo atrás en la casa de nuestro pasado, se colocó al borde de su asiento, los pies ligeramente torcidos hacia el centro. Y de un bolsillo disimulado en su vestido, sacó con la mano izquierda un espejo minúsculo y con la derecha un lápiz de labios que, a mi entender, no había usado jamás.

Tomé la copa de aquel licor de mi infancia y se la tendí a Lucienne. Mirándome fijamente a la cara, posó la copa sobre el velador que nos separaba. Se alisó con el índice las comisuras de la boca. Después interrumpió su sesión de maquillaje, chispeantes los ojos, y yo hice el gesto de degustar, no sin falsa voluptuosidad, el perfume y el sabor del brebaje.

–Ha vuelto a sentir el placer de su infancia, ¿no es cierto?

–¿El licor? Exquisito...

–¿De veras?

Hubo un silencio y luego, por un instante, Lucienne alzó la mano, al tiempo que sus ojos se fruncían, pérfidos, y su boca esbozaba su sonrisa de medio lado, pero nada dijo.

Silencio.

Yo no la había querido, jamás; pero hubiera deseado quererla, pese a su peligrosa idiotez. Ella pasó del decaimiento a la arrogancia que le otorgaba siempre el raso del sillón de mi madre..., el sillón real de mi madre.

Teatral y patética, Lucienne adoptó el aire displicente de una falsa aristócrata, el que tendría cuando, muy pronto, se reuniera conmigo en Praga.

–Sé que estarás allí en noviembre... Tres conciertos en Tyl, ¿no es así? De pequeño, no soportabas que yo te viese tocar el piano, tal vez porque ése había sido el piano de tu madre... Por lo demás, yo no sabía nada de música.

–...

–Tengo la intención de discutir, e incluso de pelearme, con el alcalde de Praga... ¿Sabía usted que en todas partes se incinera hoy legalmente a los muertos?... En los cementerios, naturalmente... Salvo excepciones, cuando el difunto ha merecido medallas honoríficas... Yo quiero permanecer entera, al lado de su madre.

–...

–¿Que por qué? ¡Parece usted un niño celoso! Yo poseía una inmensa tierra estéril, funesta, la costra del mundo; y por encima de esa inmensidad lúgubre y amenazadora, se alzaba la casa de la tía bisabuela de su madre... Y usted me las dio, usted, tierra y casa, usted me las ha dado, sí... Todo ha cambiado: durante algunos años la producción de los yacimientos de petróleo fue más bien modesta... En mis tierras..., si usted permite que llame mías a las tierras de su madre... En mis tierras, en cambio, el petróleo es todo un mundo bajo otro mundo... Hay cosas que no nos entran en la cabeza; es mejor no pensar demasiado. ¿Quién dijo que, si Dios existiera, sólo estaría él, y no habría mundo? ¿Por qué no existe Dios?

–No hay señal alguna, indicio alguno...

–Dios surgió de un sueño, ¿no es así? De un recuerdo, de la oscura inmensidad que se mezcló con otro recuerdo... ¿Lo sorprendo? Lo estoy aburriendo. Yo era una ignorante, ahora lo soy un poco menos, ¿no es cierto?

–Hace un instante quiso matarme.

–Y usted sonríe... Su madre murió sin verlo. Ella no quería un hijo. Su padre quería uno, para conquistar su libertad, sus viajes de un país a otro... No tenía el talento que imaginaba... ¿Se queda usted con mi revólver?

–El revólver que olvidó Madame Detrez...

–... con tres cartuchos.

–Es un revólver militar de reglamento, del siglo XIX.

–¿Cómo lo sabe?

–Mire el cañón... «Lenormand, 1818». Me llevo los cartuchos, Lucienne, y le dejo el arma. ¿En Praga, entonces?

–En Praga. Sí.

Sus labios fruncidos, pero entreabiertos, y en su pecho un grito estrangulado.

La camelia florecida, la que me había atraído, sigue siendo la misma, con esta lluvia de flores apenas rosadas, pálidas, que me habían conducido, por curiosidad, a una desconocida, a Madame Detrez. No volveré a esta casa, pero no olvidaré al pequeño mirlo que daba saltitos antes de emprender el vuelo ante sus padres –los mirlos, que imitan el canto o los gorjeos de otros pájaros.

El ruido del bulevar se ha atenuado y las muchachas chinas que van y vienen todo el día por la acera ya han sido convocadas por sus proxenetas.

Llegaba la noche y, con ella, la luz de los faroles entre los plátanos, esos faroles rodeados de una verja de barrotes entrecruzados, con ese redondel metálico, como un encaje, como un vals paralizado, «para proteger las raíces de estos árboles venidos del otro lado del mar», me había explicado, sin estar demasiado segura, Madame Detrez. En cambio, parecía conocer muy bien esas planchas de hierro, más bien estrechas y largas, de unos dos metros, semejantes a las lápidas de piedra de las antiguas catedrales, y sus trampillas, que daban acceso a las cloacas... Madame Detrez casi se desmayó al ver a una mujer vestida con un mono –azul oscuro, como siempre y en todas partes– que bajaba a una cavidad de paredes amenazantes, un verdadero abismo: «París es un universo entero de una profundidad secreta, clandestina, con ruinas y montañas al revés, un infierno extinguido...».

Recuerdo aquella noche en que atravesé amplias avenidas que convergían en una rotonda y se alejaban –las grandes avenidas trazadas geométricamente con escuadra–, bajo una red de finas mallas que velaba las nubes.

El otro lado de la noche, el silencio, las luces que se van y, de vez en cuando, solitarios, algunos automóviles, y al llegar a la sombra plateada del río, el agua que, insensible, se aleja, que chapotea en las márgenes y, a ratos, murmura. Recuerdo esa noche única, de aventura solitaria: de muy lejos llegaba una melodía, persiguiendo cadencias que se cruzaban más allá de la luna, en tanto que las palabras se habían dispersado hacia la paz del último descanso.

«¿Quién ha subido al cielo y ha descendido? ¿Quién ha recogido el viento en sus puños?», dice ese fugaz pasajero de la Biblia llamado Agur..., y muchas otras evidencias, o misterios, que olvidamos, o que, si los sabemos, los ignoramos pero sin haberlos olvidado:

Hay tres cosas que me sobrepasan
y cuatro que no conozco:
el camino del águila en el cielo,
el camino de la serpiente sobre el peñasco,
el camino del navío en alta mar
y el camino del hombre en casa
   de la mujer joven.

Así, no está prohibido pensar, siguiendo a Agur, que la mayoría de los seres humanos siempre se sienten seguros de sí mismos, incluso en la desesperación, pero están menos seguros del prójimo y, en suma, de cualquiera: creemos en la verdad de los otros, en su sagrada exactitud, mientras que toda palabra es, para cada uno, un deslizamiento de historias íntimas, calladas o desveladas, que ruedan, se enroscan al hilo del tiempo y al instante desaparecen.

Tengo la sensación de que el habla no dice lo que somos, sino lo que soñamos ser: y el habla, cuanto más busca la justeza, más se aleja de ésta y asciende y, de pronto, pierde la cabeza en los matices extremos de un canto, entre las palabras que dicen y los sonidos que pasan –después, el habla desciende allí donde el hombre se persuade de su verdad.

Pese a que ignoro un gran número de saberes, excepto la música, desde siempre me hago preguntas: me pregunto qué es un juicio artístico. Un sueño, una desesperación, mientras que la vida, por sí sola, proporciona las soluciones. La vida es salvaje, iluminada por momentos y a menudo innombrable. En lo absoluto, el mundo ignora la justicia y no conoce la misericordia. Y, sin embargo, hay algo detrás de lo que llamamos realidad.

Yo nunca había pensado en Dios, salvo aquel día en que don Savine y yo atravesamos Estados Unidos en tren, rumbo a San Francisco. Cuatro horas nos habían alejado ya de Washington. Mi maestro cerró el libro que a todas luces, durante varias horas, lo había fascinado. Yo contaba diecisiete años y sólo tenía como libros, además de algunas obras de un gran compositor, mis partituras: las cartas de Mozart, algunas maravillosamente asombrosas; las de Liszt, o, más bien, las cartas de Marie d'Agoult a Liszt, o de George Sand a Chopin... Creo haber comprendido a Chopin, pero muy tardíamente, su arte viene de muy lejos, no pertenece a nada, a ningún creador. Un día mi padre me leyó una página de Oscar Wilde, a quien yo no conocía en esa época: creo que fue entonces cuando comprendí la música de Chopin, la música que, según Wilde, «crea un pasado que ignoramos y que nos llena de una tristeza que nos sustrae a nuestras lágrimas...». Dice también que podemos imaginar a un hombre con una vida perfectamente trivial y que, al escuchar por casualidad algún fragmento musical, descubre de pronto que su vida ha pasado, sin que él se diera cuenta, «por terribles experiencias, y ha conocido grandes alegrías, amores salvajes o grandes renuncias...». Tales eran las palabras de Wilde y, en mi recuerdo, la voz inolvidable de mi padre.

Pronto hará unos tres años que Madame Detrez volvió a sus tierras, que según sus numerosas evocaciones son tan vastas como el cielo. Solitaria, esperará allí los pasos de la vejez y la inminencia de la muerte, pero sin pensar en ello, evitando imaginárselo.

Recuerdo que ella hablaba sin cesar, al principio dirigiéndose a mí, enseguida dirigiéndose al aire de su país desierto, un aire que, allá, soplaba del infinito al infinito: al partir, Madame Detrez iba a descubrir su destino, intentando también así, sin duda, perfeccionarlo. Se trataba de no capitular: el fin es el fin y, no lo ignoramos, nunca hay un fin.

Me asombro de no haber evocado, cuando me hallaba ante Madame Detrez, un libro sobre la vida de

Jesús que mi maestro leía antaño y que yo le pedía que me contara, entre cabezada y cabezada. En aquel entonces yo no sabía alemán, pero creo haber entendido el título: *La oscura muerte de Jesús*. En el transcurso de ese largo viaje por el Pacífico, me gustaba ver dormirse a don Savine: su cabeza de Beethoven contra el cristal, sus párpados de un gris violáceo, semejante a los de las palomas, y su respiración inaudible. El libro se había deslizado lentamente por su pierna y, de golpe, cayó sobre sus pies.

Precisamente en ese interminable periplo norteamericano, el segundo que hacía con mi maestro –quien fue durante largo tiempo el maestro de mi padre–, aquél, con voz somnolienta y ronca, atronadora pero bien timbrada, me quitó de las manos su libro de Jesús, aprestándose a ayudarme a comprenderlo. Después me miró, con sus grandes ojos apacibles clavados en los míos, y me dijo:

–Le voy a contar una historia, una curiosa historia sin importancia, y no obstante... Aquí, en este tren que atraviesa un mundo sin fin, nos hemos adentrado en otro planeta. Para no despertar a la luna, un satélite tan cercano que nos sería más fácil... ¡Le irrito! No hay ningún indicio en su rostro, es verdad, pero sus manos se han crispado... Mi nombre no es mío, podría decirse... El mío lo cambié por el de mi amigo más reciente, pero más querido, quien a su vez cambió el suyo... Hoy es uno de los más grandes escritores del siglo XX. Usted desconoce su obra, pero algún día la leerá. Oh, no todos sus libros, uno solo bastará, pues aunque usted se obstine en no leer, es al menos necesario, para usted, que lea un libro que al principio no fue tal, sino el manual de un escritor, un pintor, un compositor sin éxito, es verdad, pero... Sin duda usted conoce a esos pianistas de los años treinta, cuarenta, o cincuenta, que lo fascinan, los Gieseking, Fischer, Backhaus, Solomon, y vuestro Benedetti Michelangeli, entonces joven todavía... ¿Eso le inquieta? Veo, y hasta puedo sentir en su mirada, en sus labios, una curiosidad naciente, ¿no es así? Alberto Savinio, que había escuchado el Opus 111 de Beethoven, decía que Michelangeli, en la *arietta*, había llegado a tal dominio del *arioso* que tenía la impresión de oír el recuerdo de un sonido demorado en el aire... ¿Está molesto? Desvía la mirada... ¡Ah, sonríe, está bien! Yo tenía veinte años cuando conocí a Alberto Savinio. Fue en 1950..., justo dos años antes de su muerte. Yo tenía veinte años, y algunos libros de él, aquí y allá, que son difíciles de encontrar... «La música, cosa extraña», ésa fue la primera frase suya que leí, en un artículo periodístico. De lejos, lo admiraba. ¡Qué digo! Lo adoraba. Soñaba con que él me llevara consigo, con que fuese mi profesor. Él no se preocupaba de cuidar su imagen; era, en el sentido noble del término, un diletante, un hombre que se deleita, que es lo que menos se perdona en el mundo, junto con el genio. Savinio consideraba pueril la pretensión de crear una obra. Decía que una vez comprendida y superada esa puerilidad, él no aspiraba sino a escribir libros semejantes a largas y tranquilas conversaciones.

–...

–¡Ah! ¿Su verdadero nombre? Andrea De Chirico.

–...

–Sí, Giorgio era su hermano... Recuerdo que un día usted me habló de ciertos «cuadros enigmáticos»... Los dos hermanos eran inseparables. Andrea, el menor, tuvo como primera vocación la música. Giorgio, el mayor, que lo acompañaba a los cursos de Max Reger, en Munich, hojeando los álbumes que rondaban por la sala de espera, quedó pasmado ante los paisajes serenamente fúnebres de Arnold Böcklin, que iban a trastornar su pintura, su oficio. ¿Influyó Giorgio en Andrea, o fue al revés? Andrea se dedicó enseguida a escribir... Pero ¿por qué abandonó la música? ¿Por temor? ¿Por no ceder del todo al horizonte inmenso que abre la música? Corría 1915, y Andrea tenía veinticuatro años. Un día decidió adoptar un seudónimo, italianizando el apellido de un traductor francés de la época, Albert Savine. Y, sin duda, así se vengaba. Andrea De Chirico no pudo tolerar haber sido reemplazado por un oscuro profesional y corrió para siempre un velo de ceniza sobre ese mundo heteróclito.

Mi maestro había alzado la mano izquierda, los dedos índice y corazón ligeramente replegados como los santos en la pintura renacentista, los ojos entrecerrados, los labios entreabriéndose apenas para destacar una palabra, un verso, una frase. Entonces, con su manera de escandir las sílabas, sonriente me dijo:

90

–«El piano es dueño de sí mismo. Es noble y está lleno de dignidad. No se deja golpear, como los timbales. De noche, en el silencio del salón oscuro, el piano levanta la tapa sobre el teclado blanco, como un caballo que ríe, y empieza a tocar por sí solo, solitario y feliz, mientras el pianista duerme...»

–Esa inesperada extravagancia, ¿se la debemos a Savinio o a Savine?

–A Savinio, a Andrea De Chirico. En verdad, él no había abandonado la música, que no estaba muerta sino dormida. Su maravillosa literatura se ha descubierto veinte años después de su muerte, y tras ella ha seguido su pintura, pero su palabra está más allá. ¿De qué? ¡Del arte! En lo esencial, casi todo viene del arte, pero de una manera lejana: una buena parte de los conocimientos de los grandes escritores son préstamos. Al igual que los escritores, los músicos se sienten fascinados, atraídos por las reminiscencias, las comparaciones, las imágenes... Sí, en esencia, mis conocimientos son los conocimientos de algún otro. ¿Por qué decir, o precisar, que tal pensamiento o tal ritmo o tal sueño pertenece a un autor determinado, cuando de inmediato ha sido reelaborado por otros? Todo lo que ya se ha expresado pertenece a todo el mundo y no a un único autor...

–Discúlpeme, maestro, pero ¿eso no es imitación?

–No es imitación, sino la verdadera naturaleza, que prolonga y hace revivir un hallazgo antiguo, y así permite eludir la continuación y perpetuar el comienzo. Las citas inexactas por necesidad poética o musical se han vuelto, poco a poco, carne de su carne... Incluso citar falsamente es, ante todo, una señal certera de cultura... «Lo que comí de joven, lo he rumiado en la madurez», decía un poeta del siglo XIV: Petrarca. Sus lecturas se habían fijado en su memoria, no todas, sino las que lo habían fascinado, las que habían tocado su corazón y hasta la médula de sus huesos; decía también que, a veces, olvidaba las obras y los nombres de los autores, pero quedaba una palabra, una metáfora que lo había impresionado, pasajes que ya no recordaba de quiénes eran, ni si eran de él, y que le daban la impresión de haberlos escrito él mismo, en una época lejana.

–...

–Lo aburro con esos libros que usted no ama, que no le conmueven... No olvide que sus compositores preferidos, sus «sacerdotes», al comienzo estudiaron música simplemente para aprender, después, uno u otro, para apropiarse de un trabajo y modificarlo. Todos los compositores, incluso los más grandes, se inspiran los unos en los otros. La música está desnuda, y aun quien escuchándola se distrae, se recupera y, en un instante en el que nadie se da cuenta, la escucha. La música es una variación de luces; canta y de repente ya no está. Y el piano, con todas sus violencias y sus melancolías, es un mar invisible que rompe en seco.

–¿...?

–¿Mi verdadero nombre? Creo que no he vuelto a pronunciarlo desde la muerte de Savinio.

–Mi padre, el día de su muerte, se preocupó de enseñarme cosas hermosas que evidentemente había recibido de usted... Quiso hacerme una ofrenda. ¿Su saber? Era, sin duda, el de usted.

–Y probablemente tampoco el mío, ese saber lo ignorábamos antes de nacer; tengo ojos pero, ante todo, tengo oídos. Alberto Savinio me repetía a menudo esta frase: «¿Qué es esa cosa misteriosa que no vive sino en el tiempo?». E insistía en el hecho de que el hombre ha tenido que domesticar, reducir, mutilar la música para hacer de ella un arte, ha tenido que transformar en terrestre una cosa que no es terrestre... Y el hombre ha tenido que dar a la música la cadencia, el ritmo, un elemento impuesto, un elemento que la música soporta con gran esfuerzo y del que tiende a liberarse... A propósito, Savinio no soportaba una música desprovista de cadencia.

–¿...?

–¿El canto? La palabra no posee la música. Se las acuerda juntándolas, pero la que imita es la voz. Es hermoso, pero no es puro. Nacen sonidos eternamente desconocidos, vienen y desaparecen. ¿Cómo hace la música para captar la novela de la vida, ella que posee el poder y el misterio del aire que baila...? En el cielo tranquilo, o rugiente, con mil truenos en la lucha iluminada de las espadas de oro de la noche, no somos más que los hijos de la necesidad. Pero la música, ¿es compatible con el mundo, con el universo, con el infinito? Un poeta alemán, tal vez Heinrich Heine, dijo algo muy evocador: «Donde mueren las palabras, comienza la música». Y un inglés, Walter Pater, sostenía que todas las artes aspiran a estar en el nivel de la música. Me alejo, voy hacia otras esferas que no son las nuestras...

–No pienso en lo que sé, no quiero pensar en lo que creo saber. No me gusta hablar, pero me gusta escucharle. Siempre. Sus historias son como cuadros que desfilan ante mis ojos.

–¡Es usted tan joven! Pero usted quiere retrasar el destino...

–¿El destino? No me quedan más que el piano y mis manos; y la ansiedad y el temor al piano y el temor de mis manos. Mi pasado, mi minúsculo pasado, es silencioso, inmóvil; mi familia... un pequeño lago barrido por el viento...

–Pero un día la naturaleza lo empujará al amor y a sus asechanzas, es así. Lo aceptamos, a veces estamos locos de felicidad; y una mañana despertamos, no estamos seguros de ser nosotros mismos, el amor ha volado.

–¿No cree usted, maestro, que el único amor que persevera es el que no tiene posibilidad alguna de llegar a buen puerto, el amor que se desea en vano? ¡Vea usted, entre el amor y yo, excluyo toda posibilidad de encuentro! Mi aprensión, mi inquietud son, para siempre, únicas.

–Pero ¿de qué tiene miedo?

–A veces, algunas notas, en su más extremo matiz, se prolongan hasta el silencio. En ese momento los dedos atacan, haciendo lo que deben hacer, pero me sobrepasan, me hacen a un lado... Creo habérselo dicho ya. Mis dedos van a alargarse aún más: estoy creciendo. Los vigilo. Hay ritmos íntimos que penetran en ti, y entonces dejas de ser, por un instante, por un largo instante, y tu música deja de ser tu música a causa de una nimiedad, de la locura de un nervio exacerbado al que le gusta o no tal o cual detalle...

–No es falta de coordinación, perdóneme esta palabra, ni de control... Los músicos no hablan de estos contratiempos y los artistas, sobre todo ellos, desean olvidarlos. Se ignora, cuando se nace, esta ausencia de control de la que nadie se da cuenta. No es problema suyo, ni tampoco asunto suyo...

–Podría serlo...

–*Porte... Legato... Prestissimo...* Usted me recuerda aquel ángel de la teología que llegó a posarse en la punta de una aguja.

–Maestro, mire la noche que llega y las luces de los pueblos lejanos temblando en la campiña. Maestro, jamás volveré a decir lo que le he dicho. No quiero ser una persona..., en fin, una persona ausente de sí. Irreal. Y precisamente la música, el canto... Usted ve... La última vez que mi padre y yo nos vimos..., él me contó una extraña historia que me sedujo, una historia sobre un teatro de marionetas donde todo movimiento, me decía, tiene su centro de gravedad. Un bailarín coronado por el éxito estaba fascinado por la pantomima de los muñecos y trataba de copiar su flexibilidad, su gracia; el ritmo matemático de esos simples péndulos que obedecen sólo a la ley de la gravedad... A ese bailarín le parecía imposible alcanzar la perfección de esos maniquíes.

–Sí..., es muy hermoso... *Sobre el teatro de marionetas*... ¡Esa magnífica obra de Heinrich von Kleist!... ¿Cuántas ciudades hemos dejado ya atrás?

–Siete, maestro, y en tres de ellas sólo nos hemos detenido menos de cuatro minutos.

–La noche..., ¿le gusta la noche?

–Sólo me gusta tocar de noche; la música necesita la noche.

–¡Ah! Usted me recuerda algo, una de las escenas más pasmosas de Shakespeare, en *El mercader de Venecia*... De los versos de Shakespeare se deduce que supo captar la esencia de la música, tan poco presente a comienzos del siglo XVII, y que se dispone a regalárnosla: «El hombre que no tiene una música en sí mismo y que no se emociona por el concierto de los sonidos, tiende a la rapiña, a las estratagemas, a las traiciones...». ¿Lo ve usted? Ya el primer verso es tan bello... No recuerdo las palabras exactas. Hay personajes que escuchan a los músicos, de noche, bajo las estrellas, y se siente como la inminencia de una gracia venida de lejos cuando uno de ellos dice: «Me parece que es mucho más armoniosa que el día». Y el otro le responde: «Es el silencio lo que le da ese encanto, señora». Y la dama replica, a su vez: «Para quien no presta atención, el cuervo canta tan bien como la alondra, y creo que si el ruiseñor cantara de día, cuando las ocas graznan, no pasaría por ser mejor que el reyezuelo... ¡Oh, silencio! La luna duerme con Endimión y no quiere ser despertada...».

–Gracias, maestro.

–Todo eso es extremadamente hermoso, pero da la sensación de que Shakespeare dio vueltas alrededor de la música, y que no encontró las palabras para decir qué era esa música y de dónde venía, como cuando nos hallamos delante de un palacio cuya belleza exterior nos deja clavados en el suelo pero cuyo portal permanece cerrado a cal y canto. Cuando la música habla, ¿está dirigiéndose a nosotros?

–Se lo he dicho todo, maestro. No quiero hablar más de mí, perdón, es decir, de la música. Y además, yo no sé nada, es decir, nada que usted no sepa desde siempre. El resto...

–¿Y en sus sueños?

–Yo sueño de pie. Y si le cuento mi obsesión... usted se reirá.

–Lo escucho.

–Me gustaría lograr tocar bien la última nota de la *Consolación n.º 3,* tal como Horowitz la ha tocado, no con las teclas, sino en el espíritu. Ridículo, ¿no? Yo lo siento así.

–¿Se ha dado cuenta?... Es mi turno... la noche está llena de contrastes. En las ciudades importantes, pero también a lo largo de toda la vía del ferrocarril, a distancias matemáticamente calculadas, hay altas farolas... Y allá lejos, hace apenas una hora, veíamos todavía el trazo de las montañas que el sol, por detrás, ya desde el otro lado del mundo, dibujaba aún.

–Usted sueña. Es hermoso.

–Tiene usted razón... La noche es mucho más humana que el día.

–Gracias por apagar la luz; esas ráfagas de luz de las farolas, como relámpagos... Me gustaría que me contara esa historia de Jesús... No ha alzado usted los ojos durante más de dos horas... Usted nunca me ha llevado a las iglesias de esas ciudades, esas comarcas, cuando la gente reza, o canta, o...

–¿Recuerda usted aquel día, fue un domingo, en que pasamos frente a la catedral de Colonia? Las pequeñas puertas de la entrada batían de derecha a izquierda porque la gente salía y charlaba, bajando por grupos los escalones, mientras el órgano desplegaba su potencia como un huracán..., usted dijo esa frase inesperada: «Una borrasca que sacude al mar».

–¿...?

–¿No lo recuerda usted?

–Maestro, ¿duda usted?, no sabe cómo explicarme... Soy tan poco instruido... No lo tome a mal...

–La muerte y la resurrección de Jesús... Dudo porque creo que sería más lógico empezar por el Padre.

–¿...?

–Sí. Dios. Nadie sabe nada preciso sobre él, nadie sabe quién es y ni siquiera si «es». Él es todo y nada. Mi maravilloso amigo, Alberto Savinio, que lamentablemente fue mi amigo por tan poco tiempo, me abrió los ojos al mundo. Me decía que Dios, que tiene su sede natural en Asia, partió muchas veces a conquistar Europa, donde ha muerto muy a menudo; y agregaba Savinio que Dios ya no estaba en Europa, que Europa había matado a Dios. Por otro lado, sostenía que el cristianismo es un hecho humano, el más humano de los sentimientos, el sentimiento que todo hombre inspira a los demás hombres; la prolongación de cada uno en una comunidad que se prolonga en todo cuanto existe... Era sorprendente. Yo estaba asombrado, incluso atónito, pues a los veintidós años creí haberme liberado de toda religión; liberado de mi familia, de los sagrados domingos de misa, con mi madre, mi abuela y mis numerosas tías, todas ellas viudas; y de la soledad nocturna durante las semanas y semanas que yo consagraba al estudio, a dobles estudios, los unos para cubrir las necesidades de la casa, los otros para la música... ¿Tenía yo los dones? Pero ¿qué clase de dones? Con las fotos de todos los difuntos de la familia en el comedor y, en el centro, mi padre, muerto en la guerra... Pero, felizmente, un piano vertical que había pertenecido a la hermana de mi abuela, una mujer a la que no conocí, ... Ella amaba el *vals musette* y la polka... Ese viejo pianito me ha conducido con usted a esta inmensa tierra que desfila a lo largo de las vías férreas, al otro lado del océano... Usted sonríe, pero esta vez con una amabilidad conmovida.

–¿...?

–He sentido la necesidad de contarle lo que ya nadie conoce... ¡En fin! Mi historia ha terminado. Retomemos nuestra conversación... Yo era ingenuo, pensaba que Savinio ocultaba, pese a todo, cierta convicción religiosa, el cristianismo. De repente me dijo: «El cristianismo es ateo». Y que él era ateo porque era cristiano, y que Jesús ha ayudado mucho a los cristianos, enseñándoles la piedad, la caridad, el amor y el perdón.

–¿Y Dios?

–Mi maestro, Alberto Savinio, ya se lo he dicho, me aconsejaba el diletantismo como la solución perfecta del problema. Sin duda hubo tantos dioses que, fatalmente, los sabios ignoran a un gran número de ellos, dioses muy antiguos, de millones de milenios, que no han bajado de su pedestal pero que lentamente se han corroído y desintegrado entre la indiferencia de los hombres, bajo la nube inmóvil donde el sol se extingue, se enmascara y sueña con seducir a la luna, dejando la huella de los mitos y las leyendas que han sobrevivido, y también la huella de religiones que yo desconozco, como por ejemplo el culto a la diosa Madre, de nombres diversos... ¡Y hace tantos siglos!

–Y usted soslaya a Jesús, maestro, Jesús y esos misterios cuyo origen ignoro y que me atraen...

–Jesús llegó anteayer... Y los Misterios, mucho antes que él... No pretendía esquivar la cuestión; me desvío para esclarecer mejor la vida y la muerte de Jesús mediante los escritos cristianos apócrifos... Los Misterios se consideran inaccesibles a la razón, inexplicables, inexplicados y secretos. He leído durante horas, sólo he alzado la vista tres o cuatro minutos...

–Menos de tres minutos.

–... y el cielo estaba negro, sus racimos de sueño se extendían sobre la tierra y sus desesperadas nubes de tormenta cabalgaban hacia occidente, hacia oriente, con tambores estrepitosos, y nosotros, en este tren, rodábamos con una cadencia lenta pero regular... Los Misterios, que estaban desprovistos de doctrina... Para cada uno de nosotros, la revelación de un misterio preservado en silencio durante una eternidad... Por ejemplo, estas palabras: «Éste es mi cuerpo, ésta es mi sangre...». Esta frase es, por así decirlo, la más importante de Jesús, el milagro del Hijo de Dios. Pero esas palabras sagradas estaban ya en los Misterios, donde el fiel absorbe la sustancia de su dios y se vuelve, a su vez, divino, mientras que en la doctrina cristiana es el fiel quien es absorbido, no Dios... Los Misterios no consideraban que el sufrimiento fuera bueno, ni la alegría maligna. Y los Misterios se perpetuaron en el Nuevo Testamento, gracias a la pasión de Pablo.

–¿La pasión de Pablo?

–«Hablamos de una misteriosa sabiduría de Dios...» Esas palabras son muy de Pablo... Mi abuela decía que Pablo, el judío, venido de un lugar griego, había pasado de la hostilidad hacia los cristianos a la propagación de la fe y de la esperanza... Pablo no conoció a Jesús, no recibió de él su misión, está en desacuerdo con los Apóstoles... Jamás pasó por su alma un soplo de Occidente: su vida sagrada estuvo repartida entre la carne y el espíritu... ¿Quiere que deje de contar esta historia entreverada, que se divide en otras historias fatalmente distintas...? Parece usted ausente, quizá lo aburro...

–Me preguntaba si Jesús tendría el sentido de la música... ¿Podría un dios ignorarla?

–Tiene usted ese rostro que yo tenía entonces, tenso pero tranquilo, sereno, absoluto, y alejado de todo

pensamiento salvo el de la música, que le sostiene...
¿Sonríe usted?

–Sonrío a menudo para disimular la tristeza que siento cuando algo agradable no ha sucedido. Estoy como extraviado, perdido. Cuando pienso en mi padre, querría que la luz se extinguiera sobre el mundo, que el cielo se consumiera..., todo salvo la música.

–Oh, amigo mío: cuando el Tiempo sea viejo, él mismo lo habrá olvidado... La música no tiene comienzo, no ha comenzado jamás y jamás se concluirá, pues ella impone el ritmo al infinito, que no tiene centro ni límite... Pero el sentimiento del hombre..., quizás el único del infinito..., tiene extremos matizados que no conocemos, que no nacieron en nuestra bola de tierra, este planeta de tierras y de mares salvajes y ondulantes... Y su música, la nuestra, será diseminada bajo otros cielos... Por doquier, días y noches, tardes y mañanas, planetas que son nuestras estrellas... Pero ¿y los árboles, los pájaros? ¿Y las estrellas fijas y los astros errantes? ¡Qué tentación la de fijar las estrellas y los sueños!

–Maestro, no me gustan los sueños, me aterran.

–Discúlpeme, me he dejado llevar... A veces sueño, a veces soy... En el alma no existe ni negación ni apoyo... Conocer nuestro cuerpo es conocer nuestra alma... Prosigo: el rey de los judíos nació en Belén, de María, fecundada por obra del Espíritu Santo. Y por el Espíritu, fue llevado al desierto para que lo tentara el príncipe de los demonios... En realidad, es la historia de un hombre y, cosa curiosa, la Historia no

contiene ninguna huella de la vida personal de Jesús...
No podemos imaginar su vida, su vida cotidiana y
todos esos años oscuros, ni siquiera cómo reclutó a
los doce apóstoles... salvo, tal vez, el gesto de María de
Magdala, o María Magdalena, que al parecer había
gastado todo su dinero para comprar el mejor de los
perfumes, y que, tras romper el frasco, lo derramó
sobre los pies de Jesús, para gran escándalo de Judas:
o bien, según ese libro que usted me ha visto leer esta
tarde, María Magdalena vertió el frasco perfumado sobre la cabeza de Cristo.

–¿...?

–Sí, olvidé que en uno de los cuatro Evangelios,
el de Lucas, el literato, encontramos, como quien dice
que el sol se pone, a un trabajador que mientras vuelve a su casa oye música y danzas...

–¿...?

–¡Ah!, la música de los ángeles, el hombre no ha
oído esa música... Ángeles que cantaban himnos al alba
del domingo, serafines que cantaban acerca del cuerpo
y la sangre de Cristo, esa sangre que debía ser la salvación de las naciones; ángeles con espadas de fuego, ángeles vengadores, ángeles encargados de los vientos, de
los cuatro vientos, y el ángel que en su mano lleva los
látigos de nieve, y aquel de cuya boca sale fuego...

–¿Jesús era un ángel en su infancia?

–Se dice que Jesús aún no tenía cinco años cuando un niño, sobrepasándolo a la carrera, lo golpeó en
el hombro, y que Jesús le dijo que no proseguiría su
camino: el inocente cayó fulminado. Y que multipli-

caría sarcasmos y maldades, gracias a ese poder, literalmente, inhumano. «¿Quién podrá hacerse cargo de este niño e instruirlo?», dijo José, mirando a su hijo. Y su hijo le contestó: «Yo soy distinto de vosotros, aunque esté entre vosotros». Y añadió que no reconocía dignidad alguna proveniente de la carne; y que, antes de que su padre naciera, él no había tenido necesidad de nacer. Más tarde, un maestro que había deseado instruir al hijo de José no tardó en reconocer la imposibilidad de cumplir cabalmente esa tarea, pues había comprendido que el niño no pertenecía al mundo terrenal y que tenía el poder de quemar el fuego mismo.

–Quemar el fuego... Es hermoso.

–Pero, en fin... ¿Por qué se interesa por Jesús?

–Me interesa porque lo he leído a usted... Jesús, u otro dios. La verdad es que tengo un secreto, es una tontería, sin duda, ya le hablaré de eso... Pero lo escucho. Parece cansado, maestro...

–Es la velocidad, estas sacudidas sordas, rítmicas... Así pues, prosigo... Mi abuela tenía debilidad por el Evangelio de Lucas, lo recuerdo... Le gustaba recitar de memoria muchos pasajes, sobre todo aquellos que narran cuando el consejo de los Ancianos del pueblo, sumos sacerdotes y escribas, se juntaron en asamblea y, todos reunidos, con bastones y sables condujeron a Jesús ante el Sanedrín...

–¿...?

–... el consejo compuesto por sacerdotes judíos y doctores fariseos... Y los sumos sacerdotes dijeron: «Si tú eres el Cristo, dínoslo». Y él les dijo: «Si os lo digo, no lo creeréis, y si os interrogo, no me contestaréis». Entonces se levantaron y lo llevaron ante Pilatos. Por orden del rey Herodes, Poncio Pilatos, el caballero romano, procurador de Judea, no encontró de entrada ningún motivo para condenar a ese hombre, nada que mereciera ser castigado con la muerte, y quiso dejarlo en libertad. Pero los sumos sacerdotes, los jefes y el pueblo insistieron con grandes gritos reclamando la crucifixión... El *sabbat...*, el sábado consagrado al culto divino..., iba a comenzar, dice la Ley que el sol no debe ponerse sobre un hombre ejecutado. Pilatos entregó a Jesús al pueblo en la víspera de la fiesta de los Ázimos. Con deleite, con gozo, la multitud repetía: «Arrastremos al hijo de Dios, puesto que lo tenemos en nuestro poder», y, con sus soldados, Herodes lo revistió con una túnica escarlata y lo hizo sentar en un trono real. Crucificaron a Jesús entre dos malhechores. Era mediodía, y las tinieblas cubrieron toda Judea. La gente prendió candiles creyendo que caía la noche. Y Jesús gritó: «Fuerza mía, fuerza mía, me has abandonado». Y la tierra tembló. Después entregaron su cuerpo, para que lo sepultara, a José de Arimatea, quien lo lavó, lo envolvió en una mortaja y lo depositó en el fondo de una tumba, en su jardín. Entonces, según esta leyenda, Jesús resucitó de entre los muertos, surgió de las profundidades de la tierra donde reinan el dios de los Infiernos, Plutón, y la Señora Muerte, que recogen las almas, todas las almas, en el último instante del postrer sueño, del postrer aliento, del dolor y la desesperación y el pensamiento, que se termina cuando ya nadie es nada.

»La muerte, la Señora Muerte, se vuelve loca al no encontrar, entre todas las almas exhaladas ese día, la de Jesús, a quien ella no conocía... ¿Dónde, pues, se oculta, grita la muerte, esa alma que busco desde hace dos días, y que es el único milagro que ignoro? El mundo está trastornado, un gran tumulto de sufrimientos y de aflicción se extiende por la tierra entera y hace de ella un lugar de crujidos y de gritos de terror. Y el cielo, dado que reina un gran desorden, se vuelve un lugar de cavernas retumbantes.

»¿Dónde está, pues, esa alma que se sustrae a la Señora Muerte?

»La muerte llama a sus servidores, a los más celosos y feroces, quienes la conducen a la tumba donde la luz de la vida de Jesús, resplandeciente, la ciega, y tras correr hasta el fondo de la tumba, ve a sus seis hijos acurrucados en el fondo de la caverna del hijo de Dios... Pero ¿dónde está el alma de Jesús?: "Me han arrebatado el alma del Crucificado y no sé dónde la han puesto".

»La Señora Muerte da vueltas alrededor de la tumba, de la que el cuerpo ha desaparecido definitivamente... Ella gira y gira, envuelta en una inmensa nube de bruma, como alas vertiginosas, como gasas transparentes, como un soplo del aquilón, y que no es la tela que disimula sus huesos, sino la sombra de la tierra profunda, oscura como el Infierno e incandescente, hecha de átomos que se encienden y se apagan como luciérnagas. ¿Dónde está, pues, el alma salida de su cuerpo? ¡Ya hace dos días que la busca y no la encuentra! ¿Adónde ha huido el alma? ¿Se ha refugiado en la luna? Entonces, en todas partes, en el universo entero, ella busca al alma disfrazada, camuflada, para arrancarla de su refugio...

»La muerte no comprende lo que ha sucedido en el mundo; dice que el aire y el cielo han cambiado, que las estrellas son grisáceas, se han debilitado; que noches y días se confunden; que noches y días se unen sobre la tierra y sobre los mares.

»Ella, que durante miles y miles de siglos ha exigido los muertos y los ha arrastrado, uno a uno, hacia Plutón, no encuentra el alma de ese crucificado...

»Y he aquí que el cerrojo de la puerta monumental que cierra el abismo estalla ante el guardián de la muerte...

»El hombre del alma extraviada, ese al que llamaban Jesús, mira a la Señora Muerte y se ríe de ella, que lo mira, estupefacta, antes de huir de repente, antes de huir sacudida por el miedo. «¿He perdido el don y el poder de la muerte? ¿Quién puede burlarse de mí? ¿Y qué es esta multitud de ángeles y arcángeles, de querubines y serafines que caen del cielo y atraviesan el metal ardiente de la puerta del Infierno?» Se oyen a lo lejos finas voces que entonan cánticos y, de pronto, ascienden esas voces mientras giran los chirriantes goznes de bronce de la puerta, al abrirse, y todo se aleja... El lugar inmenso está en silencio, el aire y el color del día han cambiado, los ángeles se han dispersado hacia los cuatro rincones del horizonte y, en el centro, brilla la luz, tanto que anula al sol. Ningún cancerbero a la vista, y la Señora Muerte a duras penas da un paso, luego otro. Muda, desciende a la caverna, los hornos están apagados, las puertas destrozadas, la casi infinita espiral de piedra y de lodo está devastada y abandonada... No hay allí ni un alma: la negrura de un mundo que no tiene siquiera el recuerdo de una estrella, una negrura más allá de la noche solitaria, salvo en el centro del Infierno, una sombra rutilante que centellea y ya se extingue, donde Plutón duerme.

»Y la Muerte comprendió que el Crucificado había descendido hasta el lugar del Castigo en cuerpo y alma, y la Muerte gritó que el Hijo de Dios se hallaba entre los muertos; que había redimido a Adán y Eva, y que había liberado a sus hijos, que son todos los hijos del mundo, sus prisioneros, y que había liberado a toda la creación, conduciéndola hacia la inmortalidad... Él, que ha perdonado el pecado del mundo.

–Una ópera.

–Sí, una ópera... Aquí está la religión deformada de los griegos, los judíos, los romanos, ¡qué sé yo! Todo ha sido deformado. Y lo que sigue... Jesús resucitó y se apareció ante sus discípulos; les mostró las marcas de los clavos que habían perforado su cuerpo, y las heridas causadas por la vara con la que le golpearon el rostro.

–¿...?

–Tiene usted razón, pero hay palabras sorprendentes, inesperadas y bastante hermosas... De María, la

108

madre de Jesús: «No me preguntéis acerca de ese misterio. Si hablo con vosotros, un fuego saldrá de mi boca y consumirá al mundo entero». Y de Jesús a María: «Salve, madre mía, mi casa, mi morada... Salve a ti, que has llevado la vida del Universo en tu vientre... Mi tesoro de perlas, el arca de los hijos de Adán... En el cielo y en la tierra serás llamada "la que ha parido a Dios y a nuestra salvación"...».

–¿...?

–Sí, en gran parte es teatro; pero usted quería decir algo a propósito de Jesús...

–Sí. Pero lo escucho. Jesús, sí.

–Entonces... Debo hablarle de Pablo... Pablo, judío, de lengua griega, adversario del cristianismo, al principio se sintió perturbado por la muerte de Jesús; después, al cabo de algunos años, se dedicó a predicar su fe, y recorrió el Asia Menor, Macedonia y Grecia para erigir iglesias, y suscitó entre los judíos más hostilidad que simpatía. Los hombres hacen las leyes, no los dioses. No fueron los doce Apóstoles los que, paso a paso, día tras día, pusieron los cimientos de la Iglesia cristiana, ni los discípulos, decía mi abuela, sino Pablo: él salvó a Cristo... Veinte años después de la desaparición de Cristo. Sí, mi abuela me repetía a menudo un pasaje de una epístola de Pablo. Ella amaba sobre todo la Epístola a los Romanos, lo recuerdo... Cada vez que mi abuela se encontraba entre mujeres y, sobre todo jovencitas (¿le conté, no es verdad, que durante los años de la guerra toda mi parentela se había refugiado en nuestra casa?, unas, viudas; las otras, muy jóvenes, niñas todavía), entonces, cuando una de las mujeres incurría en alguna falta, la casa entera se ofuscaba, salvo nuestra abuela, que recordaba aquella epístola de san Pablo. Pablo sabía que la Ley es espiritual; pero confesaba que era un ser carnal, vendido al pecado; que lo que hacía, no lo comprendía; y lo que quería hacer, no lo hacía, y que lo que odiaba era lo que hacía... Sabía que en él, en su carne, no habitaba el bien; y que desear el bien estaba a su alcance, pero no el hacerlo... *And yet, and yet...* Las estrellas palidecen...

–Tengo ganas de dormir.

–Antes de que el sol le vea... El sol arroja sus rayos lejos de aquí, sobre el Pacífico. Se despertará usted y descubrirá un nuevo cielo y otra cadencia. Pero las luces de la noche se habrán aclarado...

Recuerdo que mis ojos se cerraron y que mi maestro alzaba el índice hacia el techo del compartimento para señalarme la galaxia que no me había mostrado aún, tras el cambio de ese otro cielo, que se había desplazado por encima de nosotros. Y, a ratos, yo sentía que su voz, lenta y ronca, adoptaba otra cadencia, el movimiento de los trenes que, como el nuestro, vuelven a marchar después de un alto; y la voz de mi maestro, jadeante, que subía como la de un hombre que se dispone a huir, o que se ahoga.

¿Cuánto tiempo habré estado ausente de todo: del ruido regular y obsesionante de la larga fila de coches del tren, esos vagones que son los lechos de los sueños? Súbitamente, en un relámpago, el choque de los vagones, los gritos de los viajeros, el estrépito, el tumulto, y mi maestro, que habitualmente era en todas las cosas el primero, estaba de pronto ausente, paralizado –en la posición en que lo había visto antes de dormirme, cuando intentaba escucharlo un poco más, un poco más–, con los ojos bien abiertos, esos ojos que, mientras escrutaban los paisajes, sabían adivinar el sentido de vuestros gestos, vuestros pensamientos –hasta los menos transparentes–, sin miraros, simplemente gracias a su sabiduría.

Yo estaba, como él, paralizado. Los vagones de delante y de atrás no se habían visto afectados. Pero esto no lo supe hasta más tarde. Y mi corazón se detuvo, oprimido entre mis huesos. Recé para que el mundo se extinguiera con las últimas gotas de agua, como las fuentes de un río que se seca, que la tierra se consumiera y desapareciese para siempre de mi memoria, pues sus ojos ya no veían. ¡Yo miraba y tampoco veía, él estaba allí y ya no estaba; él era mi vida, de mí no quedaba sino el cuerpo! Estaba convencido de que la mitad de mi vida acababa de morir y que mi alma, que era la suya, se había dormido para siempre.

No son lágrimas que corren, es una bruma cristalina que sale de mis ojos; todo mi pecho se ha vaciado para que, entre mis pulmones, en la oscuridad de mis huesos, pueda subsistir el recuerdo: no podemos hacer nada después de la muerte, ni siquiera amar la tierra y las estrellas.

Después, tras el lúgubre viaje de regreso, al cabo de tres semanas de espera y de discusiones con la policía de Sacramento, cerca de San Francisco –cuatro cambios de avión con el féretro blindado–, llegamos a Roma. El sepelio en el panteón de la familia tuvo lugar cerca de Nápoles, en Amalfi. Había poca gente: parientes ancianos que ni siquiera se conocían entre sí.

Había dejado de llamarse «Savine».

Esperé a encontrarme solo. No sabía cómo separarme de él. Y, de golpe, caí de rodillas, la boca en el polvo, y después miré al cielo para ver si había una esperanza.

Ningún signo, ningún indicio. Y el espíritu que nada comprende de la muerte. ¿Por qué las pasiones, que se inflaman por un rostro, o por una voz, o por unas notas de una melodía, declinan poco a poco para dar paso a una especie de laxitud?

No he tenido más pasión que el piano: más tarde, fue la música en su conjunto, pero jamás una pasión amorosa –los amores quemados de mi padre.

Trataba de imaginar a Savine en el momento de su breve aprendizaje, conversando con el gran Savinio, el hechicero, que no pensaba en ganar ni en perder.

Como Savinio, Savine estaba siempre dispuesto –cuando yo abordaba el estudio de una obra en la que yo aún no había trabajado pero que me atraía– a captar los sonidos justos de la esencia misma del creador. En ese momento yo experimentaba por la música un sentimiento bien distinto: la odiaba.

Ningún sentimiento. Ningún misterio. Ninguna luz. Ambos, Savine y yo, teníamos en común un tesoro de dolores. Jamás pude prendarme de alguien: se me caían los brazos de sólo pensar en ello. La amistad sería mi pasión, pero se la encuentra tan raramente... Quizá lo que llevo en mí de desconocido sea todo yo mismo.

A mi regreso de Amalfi me demoré unos días en Roma: quería volver a ver el pequeño departamento que Savine había comprado en su juventud, situado en el Trastevere, cuando abandonó la opulenta casa de campo de su madre, donde había crecido y recibido a sus amigos después de los años convulsos de la guerra –esa antigua y noble casa cuyas maderas crujían de noche y a la que llegaban los murmullos y los ruidos del jardín falsamente salvaje; y desde la que se oía, a lo lejos, chapotear el agua y despertar sus zumbidos bajo el sol. A Savine le importaba todo: la ventana que brilla y va a oscurecerse, o el árbol torcido que no termina de caer.

En el modesto departamento de Roma estaba el viejo piano de campaña; junto a él, un velador de mármol con fotografías de su abuela, de Alberto Savinio y de Giorgio y, cerca de la ventana, un escritorio que parecía más grande que la habitación, con dos cajones, uno a la derecha y otro a la izquierda.

No sé qué inquietud me detuvo unos segundos. Miré a la portera, en el umbral, cuya mano temblaba y hacía tintinear las llaves –sin duda, las llaves de todos los departamentos que antaño componían un palacio cuarenta veces transformado, y convertido en una ruina.

En el primer cajón, algunas partituras y un cuaderno escolar con hojas rayadas, amarillento y gastado en los bordes.

Recuerdo que me senté, siempre he sentido curiosidad por las libretas de notas; dado que la anciana no hablaba, para indicarme que regresaba a sus aposentos hizo tintinear sus numerosas llaves –como la plateada lluvia de las campanillas que se agitan en la comunión mágica del pan y del vino con el Señor, por medio de su cuerpo y de su sangre: «Éste es mi cuerpo..., ésta es mi sangre», Savine me lo había explicado bien.

Había valses y polkas, fox-trots y tangos, boleros y avemarías, y como su abuela tenía cariño a este Savine, otrora llamado Lorenzo, la anciana había llenado cada partitura de frases anónimas pero legendarias, tales como «la barca baila sobre el agua» para una barcarola y, para los ritmos desenfrenados, «las llamas danzan en la chimenea».

Había poemas, toda una serie de cortos poemas en prosa, y uno de ellos, «El dios de los pájaros», llevaba, a guisa de preludio, estas palabras, que quizás anunciaban el don de alguna imaginación: «Aniquilaos en mí, glorioso y deleitable, a fin de reencontraros a vosotros mismos en mí».

Muy joven –cuando yo ni siquiera leía las críticas de mis conciertos–, esta pequeña frase de Savine me había atraído, sobre todo sus últimas seis palabras: «... reencontraros a vosotros mismos en mí». Y hoy, porque él ya no está, para siempre, necesito comprender lo que no me había contado de sus tentativas literarias, pronto abandonadas.

Recuerdo que intenté, en vano, encender las lámparas: había tres, pero les habían quitado las bombillas. Despuntaba la luz del día; me volví hacia la angosta ventana, apoyé la frente en el cristal: un resplandor se atenuaba. En el cajón de la izquierda –pues no quería bajar al antro de la muda portera– no encontré el pequeño candelero de bronce con una vela y una mecha torcida que él había apagado...

Mucho antes de ser el maestro de mi padre y, mucho más que de mi padre, el mío: él hizo de mí un sabio..., más..., un artista. Pero él poseía todos los matices, todos los colores de la música; los movimientos matemáticos, suaves o violentos; las diversas atmósferas, ¡una y mil a cada instante!, pero oculto como un dios, Savine transmitió ese don extremado, mediante palabras y signos, a algunos intérpretes..., después, sólo a mí.

Savine había elegido los paisajes de la Ciudad Eterna, los colores anaranjados de la gama, que se degradan hasta el de la seda cruda pero que un tinte casi rojo inflama, y el verde sombrío de los cipreses, semejantes a oscuros soldados de mármol alineados sobre las colinas.

De la ciudad se veía, a través de una ventana, una columna de humo procedente, sin duda, de la cocina de una casita, que ascendía y avanzaba cubriendo poco a poco el cielo de Roma, para convertirse en un apocalipsis de gorriones.

Un día, los pájaros del Cielo de nuestra Tierra se juntaron todos, los conocidos y los desconocidos, pues no había en su mundo un dios para ellos: «Está cerca de nosotros y nos hemos alejado de él», dijo, en pleno vuelo, la abubilla, con su tocado de grandes plumas flameantes y sus anchas alas redondeadas, de color negro y blanco, de mariposa paralizada, «el lugar en que habita el Simurgh nos es inaccesible: es el centro del universo, que no comienza ni termina porque carece de centro; sólo está la divina e infernal inmensidad, pues el dios ignora los límites. Todo lo que vemos es la sombra del dios al que nosotros llamamos Simurgh, pero que ostenta el nombre de treinta pájaros.

»Si la dicha nos acompañara, veríamos cómo esa sombra se pierde en el sol siendo nosotros mismos el sol. Dado que hemos atravesado siete valles, ignorándolos, sin duda sabemos que su palacio está en las montañas circulares, en los mares y en la inconcebible eternidad, donde cada cosa es todas las cosas».

El dios de los pájaros, ¿había dejado caer una pluma de oro en el corazón de China? La sabia abubilla; el búho que no ama sino los tesoros y las ruinas; el melodioso pardillo; la golondrina de las chimeneas y la golondrina de los aleros; la lechuza, fantasmal, sorprendida en un rayo de luz; la cigüeña, que sólo emigra en las corrientes ascendentes; el cuervo, acusado y mal juzgado por nuestros congéneres, pero que en verdad es el más amistoso para con el hombre; la cotorra, que no tiene fuerzas para ascender y seguir el extraño trayecto del Simurgh; el pato, que atraviesa los valles aunque podría contentarse con la superficie del agua; el halcón, que tan sólo desea vivir lejos de los reyes; las rapaces nocturnas; los pavorreales, tornasolados de azul, de verde y de todos los matices encendidos de la urdimbre y de la trama de todas las sedas; o el ruiseñor, a quien le basta el amor de la rosa. Y lo único que se espera de la noche insondable: el canto que por milagro se hace oír, desde el fondo de los siglos, allá donde Virgilio lo escuchaba, muy cerca de él, hubiera dicho Savine.

Y unos y otros partieron y viajaron años enteros a través de montes y valles. Una gran cantidad de alas perdieron sus plumas, que caían sobre la tierra; muchos perecieron en las altas cimas, o murieron de fatiga en los desiertos... y las aves colmaban el cielo.

«Maestro... Como esa nube de gorriones que sobrevolaba la ciudad y que desde nuestra ventana...»

Los pájaros se habían puesto en camino para ir más allá de la tierra habitada, con el corazón roto y la muerte ya en el alma, abatidos..., mientras algunos, que todavía aguardaban, lanzaban gritos semejantes a los relámpagos de una tarde tormentosa.

Ya no buscaban el camino, iban derecho al objetivo.

Lejos de la Tierra, cubierta de nubes que se arremolinaban en la lentitud del tiempo, todo un juego de soles semejantes a un tumulto de oro resplandeciente y, más allá de la luz, la noche y, en la noche, la luna de siempre y, alrededor de ella, una lluvia de estrellas que se reflejaban en los ojos de los pájaros que no encontraban al dios Simurgh.

Los treinta pájaros estaban inmóviles; esperaban; se miraban, desplumados, quemados al escapar del infierno, o helados debido a un frío de metal. Ya no sabían si uno era otro, o si seguían siendo ellos mismos: sentían que a su alrededor soplaba un espíritu que los confundía en un pájaro único; ya no eran treinta; se aniquilaban, purificados y liberados de sí mismos.

Mi maestro había firmado con su nombre y apellido, con una caligrafía cuidada, pero deslucida por la rúbrica ambiciosa de un muchacho desconocido.

Al pie de la página, escritas con lápiz rojo, estas últimas palabras: «Si mi cuerpo es mío y camino, ignoro adónde voy; y cuando me quedo quieto, ignoro dónde estoy. Mi naturaleza y mi destino no dependen de mí: el cielo y la tierra me los han confiado provisionalmente. ¿Cómo sustituir su presencia real por una presencia imaginaria, es decir, Dios? ¡Ah, esos poemas del alma! Para crear una cosa superior, necesitaría olvidar que la hago yo».

Al partir, los gorriones han limpiado el cielo –como si se desplegara lentamente la carpa de un inmenso circo.

Sensibles a la alegría, a la aventura, al júbilo y a la travesura, pero también provistos de una singular malevolencia y siempre en un orden militar, no poseen la cristalina dulzura del aire.

Hacía ya mucho rato que la vela se había derretido. La noche avanzaba sobre la ciudad; el color naranja atenuado derivaba a un gris rosado, y después las luces se diseminaron sobre todas las iglesias, sobre las casas, los palacios, los tejados, las bellas terrazas misteriosas, bien pronto veladas por esa oscuridad que transforma las imágenes. Y, súbitamente, la «luna silenciosa», como gustaba de repetir Savine, se volvió casi transparente.

¿Adónde y cómo partieron esos pájaros que de costumbre se limitan a cortos desplazamientos, sin pensar en el lugar donde habitan? ¿Y de dónde vienen esos millares de alas sombrías que se elevan por encima de la ciudad y que bien pronto se convierten en un único, inmenso pájaro capaz de despojar al sol de su color?

Yo escuchaba a mi padre o a Lucienne, en la época en que aún los veía; no me reía, nunca me río, pero les sonreía para eludir toda discusión, o para abreviar la conversación; para evitar, como con mis camaradas, todo desacuerdo... Pero Savine me hablaba, me contaba toda clase de cosas, cosas que yo aprendía con placer.

Sin embargo, caigo en la cuenta, conmovido, de que su última lectura fue el relato de la muerte de Jesús, el Cristo en el que yo nunca había pensado, al que nunca había concebido como realmente vivo. Pero ahí estaba él, ferozmente lanzado a través del miedo y el terror de haber quedado completamente solo.

Entre las luces y las nubes de la bóveda celeste, mi sustancia desecada se transforma en sustancia inmaterial, siempre en movimiento: la vida de Savine era mi vida. Adiós voluntad y talento, frente al miedo a la soledad.

Entre los secretarios de Savine, uno en Milán, otro en Londres, el tercero en Nueva York, había un hombre, a mi parecer bastante misterioso, que siempre vestía traje y corbata negros.

Siempre se dirigía a mi maestro de la misma manera, bajando apenas la cabeza, dirigiendo una mirada hacia mí, la cara rubicunda pero hermética, y de su boca sin labios salía una voz tenue que articulaba cada palabra de un modo singular. Sabía hablar varios idiomas, y los mezclaba.

Tras la muerte de Savine, dado que tuve que presentarme ante los abogados reunidos en Londres, volví a encontrarme con el señor del traje y la corbata negros, el de la voz contenida, sentado, como mi padre, detrás de un escritorio atestado de teléfonos y de muchos otros objetos, raros en la época y seguramente fascinantes: pero nada de todo eso me ha tentado jamás.

Yo lo miraba, lo esperaba, inmóvil, y por primera vez él me miraba directamente a los ojos. Se puso de pie como un sacerdote, casi un prelado, y rodeó con lentitud el vasto escritorio, entre los abogados que a menudo levantan un muro de silencio; sonreía, y sus dos dientes superiores, como dientes de conejo, brillaron, para desaparecer de inmediato.

Firmé todo un papelerío sin leerlo.

Me mostré de entrada satisfecho, perfectamente discreto, totalmente hipócrita.

El hombre de negro estaba contento: me dijo su apellido –Priolo– y me dio su dirección. ¿Me quedaría unos días en Londres?

–Seguramente.

–¿Volverá usted mañana, a esa simpática casita que nuestra gran amiga...?

Él había alzado apenas la mano y la pasó lentamente sobre su traje. Pensé que había querido hacerme una confidencia, pero recuperó su inmovilidad habitual, y no hubo más que ese gesto.

Al día siguiente le mandé un mensaje muy cortés: me iba a Reykjavik (donde, cerca de un año atrás, me había escondido durante unas semanas, en la isla de Heimaey, para ocultar una herida en el índice de la mano derecha: Savine lo ignoraba, pues no teníamos aún intimidad). Mi verdadera vida: esta vida breve y absoluta, esta sensación de posesión apacible, esta sinceridad natural..., un sueño, más que realidad... Triste es conocer los sufrimientos, a menudo incomprensibles... La suerte estaba echada.

Me hallaba en un mundo sin fronteras, en una especie de infinito íntimo. Ya no creía en mí mismo, aunque, hasta ese momento, pensaba ser yo mismo hasta mi muerte. Había crecido..., pero sobre todo en espíritu; jamás volvería a ser como antes.

Llegué a Reykjavik en una noche de sombras transparentes y, horas más tarde, a la isla de Heimaey. Todo estaba como la primera vez: la ciudad dormía, había luces en las calles y en las dos únicas ventanas de la pensión familiar, que había reconocido desde el minúsculo avión cuyo único pasajero era yo.

Me esperaban. Al instante, lo lamenté. Pero no por mucho tiempo: nadie sabía dónde estaba yo. Nadie. Ni siquiera el señor Priolo.

Me gusta la noche, y las noches ligeras del día. Estaba solo. Solo. Volví a la casa. Me recibieron con amabilidad, hasta con calor. Volví a ver la antecámara y la habitación, las dos ventanas, el pequeño escritorio, una silla, un sillón y un canapé.

Contemplé la noche, todavía la noche, desde una ventana y la otra, junto al lecho. La oscuridad y las ráfagas velaban las luces con nebulosas que iban y venían, como un tornado, un torbellino lácteo y esfumado –como el tul ilusión de las sílfides que bailan en puntas y echan a volar sobre su impulso.

La música se disolvía, todo se había disuelto en torno a mí, en mí.

¿Habré dormido? Algo ha caído, retumbando, en la antecámara: un estruendo súbito... Después las voces callaron, y hubo golpes contra la puerta y sobre el parquet, «golpes como pedradas», como me dijo la encargada. Dos o tres hombres que hablaban en voz baja se marcharon en puntas de pie y cerraron la puerta. Silenciosamente empujé la doble puerta corrediza y vi, de entrada, un catafalco y al mismo tiempo un piano vertical: sin duda, una idea del señor Priolo. Yo estaba exasperado: ¡esos modales de clérigo satisfecho de su tonsura y esa ingenuidad al creer que así lograría hacerme acariciar las teclas!

Era él, Priolo, quien había enviado el piano a bordo del avioncito de Reykjavik, unas horas después de mi llegada. Semanas más tarde, de paso por Londres, lo visitaría, sólo para saludarlo. Me recibió con sorpresa y, sobre todo, con alivio, las manos tendidas, todo sonrisas, creía que yo renunciaría a respetar mi temor a tocar, en tanto Savine permanecía entre cajas...

No le dije nada a Priolo del piano de Islandia –y menos aún de una eventual tentación de tocar otra vez, ni siquiera de escuchar música.

Pasé por el estudio de Savine, no por cortesía sino, más bien, por respeto a la amistad que mi maestro sentía por Priolo. Esbozó una sonrisa afectada, lenta y ceremoniosa, casi silenciosa. Y de pronto dijo:

–Los mejores teatros lo están reclamando..., los pianistas..., todos los artistas célebres...

Luego se interrumpió, con una expresión bonachona en su rostro mofletudo.

Me limité a un gesto de complacencia y a una leve ironía: me iba a Praga, donde, como todos los años, en octubre, permanecería unos días.

En Praga, a Savine le gustaba aquel palacio convertido en hotel –con una vasta fachada de estilo clásico– y le gustaba sobre todo el interior, y el servicio, de una elegancia superior al de cualquier otro restaurante de la ciudad.

Entré en la habitación donde yo había practicado con un viejo, si así puede decirse, piano Bösendorfer. Pedí que se lo llevaran. Y ese mismo día, desde la ventana por la que miraba la ciudad, como antaño lo hacíamos mi maestro y yo, vi al señor Priolo que cruzaba la plaza con una pequeña valija de cuero negro, gastada, de época, como su abrigo.

Entonces dejé el Palace y me mudé al otro lado del río. Era una pensión familiar, bastante calurosa. Al día siguiente salí temprano para comprar hermosas flores y depositarlas en la tumba de mi madre.

Por primera vez estaba solo allí. Cuando yo era pequeño, mi padre me había llevado durante tres años, y Savine, las dos últimas veces. La tumba de mi madre no era más que un mármol grisáceo, veteado, ligeramente pulido en lo alto, con el nombre y el epitafio cara a los paseantes. Junto a este monumento fúnebre no quedaba nadie.

Savine me decía que Praga era una ciudad de magia y de misterio, inquietante –el viejo cementerio judío, las sinagogas, catolicismo barroco, mercados, bazares, baratillos–, y que poseía la clave del enigma, del secreto de la montaña del Cielo impenetrable, y la belleza de la claridad y la sombra en el entrelazarse de las calles y entre los remates de los templos; y toda la ciudad vieja llena de iglesias, de conventos, con raros árboles que se dirían «pintados sobre los muros», y que es allí donde los judíos del desierto, a falta de flores y hasta de hojas, dejaban caer pequeños guijarros, a guisa de adiós a los muertos.

De vuelta del cementerio, renuncié al singular vehículo que crujía sin pausa –las dos manos del chofer aferradas al volante y en su rostro, bajo la luz, en sentido inverso, una suerte de melancolía curiosamente perniciosa y miserable.

Por primera vez yo estaba solo en ese país que había conocido –y olvidado–, pues había ido, a los ocho, diez y doce años, a Praga con mi padre, quien, después de haber llevado flores al cementerio, me llevaba en automóvil al campo, o más bien a las ciudades. Recuerdo, en particular, a dos entre ellas: Plzen y Brno, cuya traza imaginé largo tiempo como la de dos personajes célebres, restallantes de gloria. En verdad, ignoro si esos personajes existieron realmente, y me empeño en ignorarlo por respeto a ese pasado que me une a mi padre.

Teodorico –la figura mayor de la pintura checa– en la capilla de la Santa Cruz del castillo de Karlštejin: el rostro, la mirada; lo que va a ocurrir; lo que ha sido salvado; y el que desciende del Cielo –pero todos tienen los mismos ojos; y la pintura siempre nos dice lo mismo...

No me hablo a mí mismo de mí... ni siquiera para lamentar lo que fui; nunca quise preguntarme si debía ir a la derecha o a la izquierda. No obstante, lamento no haber comprendido en su momento la verdadera brutalidad de un muchachito con una niñita, sin duda hermano y hermana.

Agotado, volví a mi nueva habitación. Me dejé caer en una modesta butaca y, alzando la cabeza, vi un piano colocado en diagonal, como si quisiera mostrarse en la ventana para escuchar el de los vecinos: una muchachita y un jovencito estaban tocando, separados de mí por tres metros de vacío.

Su ventana estaba entreabierta; abrí la mía. Tocaban a cuatro manos los deliciosos pequeños valses de Brahms. Él, glacial, el pelo al rape. Ella, mirando la partitura, la cabeza levantada, tratando de permanecer concentrada; los cabellos de ébano en bucles espesos, naturales, uno de los cuales se sacudía cerca del ojo. Súbitamente, sin mover el rostro, su ojo me miró, dos, tres veces, mientras seguía tocando; sus labios se distendían y, de vez en cuando, su mano derecha se alzaba y caía para continuar: era su alegría. Cerré los ojos. La música parecía venir de lejos, pero de un solo lado; del otro, una especie de artillería: el muchacho, inmóvil, con una permanente sonoridad metálica; mientras que la pequeña distribuía los sonidos sobre su teclado, con un impulso y una respiración que seguían la sutileza de su ritmo.

La jovencita y el muchacho, ¿acaso jugaban a competir?

La luz de la ciudad había desalojado a la oscuridad y de ese modo, poco a poco, yo volvía a la vida, es decir: a la música.

Austero, seco, el muchacho: a la medida, la frialdad y la dureza que no se percibían en su rostro, se transparentaban en sus dedos, aún más rígidos. Y la niña, la bella jovencita, tocaba con una sonrisa llena de candor... y de precisión. Sus labios se entreabrían apenas, y su mirada, sin que su cabeza se volviese, permanecía siempre en línea recta. Me abalancé de golpe, sin pensarlo, sobre el piano vertical que Priolo –¡quién, si no, una vez más!– había querido imponerme. Bien pronto ella se volvió hacia mí y yo la miré –ella sonreía, rechazando sus cabellos hacia atrás, en una suerte de carga rápida contra el martillo del chico–. Él se detuvo. Con las manos en suspenso, no nos veía. ¿Sufría? No: debía de fingir que se había perdido, que ya no sabía con exactitud dónde estaba. Y cuando la niña y yo tocamos el último acorde, fue el estallido: el muchacho, en un torbellino, aplastó las teclas, las golpeó, como atacado por un acceso de locura, y saltó hacia la ventana. Después, de repente, se calmó. Me miró e inmediatamente, con ambas manos cerró, a derecha e izquierda, los pesados cortinajes de terciopelo manchado.

Al día siguiente, en la ventana de enfrente, una anciana sacudía el polvo de los muebles y el piano, que había cerrado.

Así, después de haberme abalanzado al piano bastante tiempo con la jovencita, volví a entrar, con placer, en mi verdadera vida. Iba a cumplir dieciocho años. Hoy tengo cincuenta y seis; no he olvidado a la chiquilla, traviesa y llena de talento, ni a su desagradable hermano.

Fue un milagro para mí: volver al piano.

Pero lo que ella me reveló..., treinta y ocho años después, una noche, en Praga, al salir de un teatro, rodeado de admiradores... Por instinto la reconocí, o, más bien, reconocí sus cabellos negros, tan espesos como antaño, y ese bucle que otrora jugueteaba con su ojo al ritmo del vals. Logré eliminar las arrugas de su rostro... Y al instante volvió la tierna gracia de ese momento asombroso.

Ella, tímida, empezó a hablar, como se habla cuando se está a punto de partir: una delicadeza poco frecuente, una sinceridad absoluta, y el sentimiento que estalla bajo el empuje del corazón.

Me dijo que su vida se había detenido la tarde de nuestro breve y extraño contacto, entre dos ventanas, sin que hubiéramos necesitado hablar; me dijo que no volvió a tocar un piano:

–Dos dedos rotos, dos dedos sin vida, y como dos voces que han callado para siempre. No, no tenemos nada que ver, usted y yo.

Antaño, entre dos ventanas y dos pianos, el amor instantáneo se había ido: el amor... Una desaparición definitiva: amo el amor como el sueño.

Tengo ahora cincuenta y seis años. Son los últimos años para alcanzar la profundidad del canto, antes de que las manos se hinchen, o los dedos tiemblen, como el temblor sutil de las estrellas.

Poco a poco, el tiempo se vacía a mi alrededor. Savine –o Alberto Savinio– dirá siempre en mi memoria que la música es una extranjera en nuestro mundo y que su esencia permanece, para nosotros, eternamente desconocida.

¿Qué hacía Dios antes de que creara nuestro cielo y nuestra tierra? Ese dios que se creó a sí mismo y pronunció su nombre en un muro de silencio: en la era de los siglos sin voz, la voz de Dios está en los ruidos de la lluvia, en los ruidos del viento huracanado –como decía Madame Detrez–, en la luz del sol que comienza a brillar, en el ritmo que se adelanta a la palabra, y a las sílabas mágicas, pues el hombre nació del sonido: ¡que el hombre atraviese con la música la inmensidad de los siglos!

No somos capaces de imaginar ni el fin ni el centro del universo, porque no hay ni fin ni centro para nosotros.

Lucienne había querido regalarse una concesión perpetua en el cementerio donde está enterrada mi madre, quería estar cerca de ella, pero el espacio vecino está ocupado. Cuando ella volvía anualmente a Delta, prolongaba cada vez un poco más sus estancias, porque París no era para ella sino el placer de contar a sus conocidos su vida de extranjera: murió allá lejos, hace once o doce años. Ella ignoraba que yo tenía un lugar al lado de mi madre: mi padre lo había decidido así.

¡Oh, madre desconocida que se extinguió cuando yo abandoné su cuerpo!

Que nuestras cenizas se junten cuando la tierra nos haya olvidado como se olvida un sueño.

Últimos títulos